다정소감

다정소감

김혼비 산문집

안온

프롤로그

얼린 건
어쩌면 다정

여름을 힘들어한다. 더워서라기보다는 소란스러워서다. 뜨겁게 내리꽂히는 햇빛, 햇빛이 만들어내는 열기, 열기를 품고 왕성해지는 생기, 생기가 돌아 선명하고 또렷한 자연의 색깔, 그 색깔을 따라 같이 알록달록해지는 여름의 옷, 옷들 아래에서 흘러내리는 땀, 땀이 수시로 일깨워주는 살아 있다는 감각, 그 감각이 붕붕 띄우는 마음, 이 모든 것이 나에게는 조금 지나치게 소란하다. 단지 비유가 아니라 실제 청각의 문제라 여름이면 자주 가만히 귀를 막곤 한다. 아침에 눈을 뜨면서부터 온갖 힘이 넘치는 것들에 휩싸이는 일은 쉽지 않고, 후덥지근

한 공기가 머릿속을 눅눅하고 흐릿하며 몽글하게 만드는 게 싫다. 겨울의 적요와 긴 어둠과 정신을 바짝 들게 하는 추위를 매일 그리워한다. 어쩌면 그래서 가장 좋아하는 색깔이 보라색인지도 모르겠다. 뜨겁고 붉은 것이 얼어붙은 듯한 색.

이 글을 쓰고 있는 지금은 36도다. 이 문장의 주어가 '현재 기온'이 될 수도, '나의 체온'이 될 수도 있는 날씨. 안 그래도 소란한 여름을 안 그래도 소란한 글자들 속에서 보내는 걸 감당할 수 있을지 지레 걱정했었다. 일부러 시기를 골랐던 건 아닌데 공교롭게도 이전 책들은 전부 겨울에 작업했기에 더욱 그랬다. 여름을 대면하는 것이 그 어느 해보다 막막했다. 하지만 글 쓰는 일이란 결국 기억과 시간과 생각을 종이 위에 얼리는 일이어서 쓰면서 자주 시원했고 또한 고요했다. 2018년과 2021년 사이에 쓴 글 중 나의 집에 꼭 들여놓고 싶은 글을 고르는 일은 즐거웠다. 어떤 글은 거의 그대로, 어떤 글은 상당 부분 고쳐서, 어떤 글은 아예 새로 써서 한데 착착 모아 놓다 보니 '산문집'이 정말 집처럼 느껴졌다. 글들이 사는 집. 새집으로 무사히 이사를 끝마친 기분이다.

여름 동안 정성껏 얼려 가을에 내보낼 글들이 나의

산문집을 방문해준 사람들의 마음속에서 잘 녹으면 좋겠다.

차례

2부 한 시절을 건너게 해준

1부

김솔통 같은 글을
쓰고 싶어

마트에서
비로소

매사에 두괄식이기보다 미괄식인 인간이었다. 이를테면 ㅇㅇㅇ이 되고 싶다, ㅇㅇㅇ가 되어야겠다, 같은 목표를 첫 문장으로 두고 그에 맞춰 정진하기보다는, 그때그때의 흥미와 처한 상황과 결코 무시할 수 없는 우연들을 따라서 시간의 보폭대로 걷다가 'ㅇㅇㅇ가 되었다'라는 마지막 문장을 맞닥뜨리곤 하는 식이었다(이 뒤로 새로운 문단이 시작되면 더 이상 마지막 문장도 아닌 게 되겠지만). 미괄식의 나쁜 점은 뚜렷한 목표가 없어서인지 종종 생각이 없어 보인다는 것이다. 남에게만 그렇게 보이면 모르겠는데, 내가 나를 그렇게 바라보기 시작하면 무척 피곤

해진다.

첫 번째 책이 세상에 나오기 3년 전쯤이었다. 글 쓰는 게 재미있어서 꾸준히 써온 팬픽이나 블로그 글이 몇몇 매체에 고료를 받고 게재하는 원고로 이어졌던 터라 나는 당시 스스로를 '글 쓰는 사람'이라고 조심스레 정체화하고 있었다. 그러다가 문득, 그렇다면 '작가가 되고 싶다' 혹은 '작가가 돼야지' 정도는 아니더라도 최소한 '이러저러한 글을 쓰고 싶다'(예: 사람들의 마음을 울리는 감동적인 글을 쓰고 싶다, 이 세상의 모든 차별에 맞서는 글을 쓰고 싶다) 같은 목표는 있어야 하지 않을까, 이마저 없는 건 너무 나태한 게 아닐까……라는 반성을 하게 되었다. 이런 종류의 나태는 분위기에 휩쓸려 누군가의 입장을 무신경하게 배제해버리는 글이나, 자유로운 척하는 포즈로 이도저도 아닌 비겁한 글을 쓰는 원인이 되기에 나는 좀 초조하고 절박한 마음으로 이 문제를 고민했다. 이것만큼은 '두괄식'이고 싶었다. 첫 문장을 꼭 찾고 싶었다. 그러나 쉽지 않았다. 첫 문장을 찾는 건 언제나 어렵다.

이사하고 얼마 지나지 않아 T와 동네 중형 마트에 들렀다. 원체 마트 구경하는 걸 좋아해 외국 여행에서도 박물관에 간 것처럼 마트 탐방에 시간을 아낌없이 쓰는 우리는(사실 인류가 멸망하지 않는다면 먼 미래의 박물관 전시품들이라고 봐도 좋을 것이다) 앞으로 자주 애용하게 될 마트와 낯을 트기 위해 구석구석을 꼼꼼히 살폈다. 그러다가 발견했다. 한구석에 걸린 처음 보는 물건을. 작은 솔이 수직으로 꽂혀 있는 작은 플라스틱 통으로 이름은 '김솔통'이었다. 김솔통??? 마치 '5학년 2반 11번 김솔통 학생'이라고 해도 어색하지 않을 이 이름을 우리는 처음 들었다. 그것은 김에 기름을 바를 때 쓰는 '김솔'을 담아 두는 통이었다.

　손으로 직접 음식을 만들거나 손질하는 데에 전혀 취미가 없어 요리, 조리 다 피하면서 살아오느라 요리용품이나 조리도구의 세계에 무지한 나는 물론이고, T에게도 생소한 물건이라고 했다. 나는 김솔통을 보고 작은 충격을 받았다. 일단 온갖 물건이 다 있는 대형 마트도 아니고, 한방용품숍이나 복싱숍처럼 전문적인 물건을 파는 가게도 아니고, 응당 이질적인 물건이 섞여 있는 외국 여느 소도시의 마트도 아닌, 지극히 일상적인 물건으로 가득한 동네 마트에서, 그래도 내가 장장 40년 가까이 살아온 세월이 있는데, 생전 처음 보는 물건을 발견했다는 게 신선했다. 게다가 그 물건이 하이브리드하거나 4차 산업혁명의 기색을 살짝 뿌려놓은 현대적 무언가가 아니라 이렇게 모양새도 용도도 단출한 김솔통이라는 것도.

이 생활감 넘치고 묘하게 합리적인 작은 물건은 내 인식의 몇 단계를 한꺼번에 꿰뚫었다. 몰랐던 물건을 처음 알게 된 것 이상이었다. 오래전에 외할머니가 이따금 네모난 김들을 한 상 펴놓고 김솔로 기름을 바르던 모습이, 엄마가 소풍날 아침 김밥 위로 김솔을 왔다 갔다 문지르던 모습이 고소한 들깨 냄새와 함께 떠올랐다. 그 옆에 김솔통 같은 게 있었던가? 모르겠다. 있었던들 딱히 눈여겨보지 않았을 것이다. 김솔의 존재를 기억해낸 것도 십몇 년 만인데 심지어 그것을 담는 '전용'통이라니. 오직 김솔이라는 (평소 이 물건의 일상 노출도를 생각했을 때 너무나 마이너하게 느껴지는) 물건을 보관하기 위해 따로 만든 통이 존재한다니. 그 사실이 무척 신기하고 재미있고 정다웠다.

게다가 김솔통을 보고 나니 김솔을 효율적으로 보관할 수 있는 다른 방법이 전혀 떠오르지 않았다. 쓰고 나서 이 통에 꽂아두면 진짜 딱이네! 김솔통에 기름을 부어 넣고 솔을 찍어가며 써도 좋겠다! 어쩐지 신이 난 채로 김솔통 앞에 서서 T와 이런 말들을 주고받다가 문득 두괄식 문장 하나가 미괄식 인간의 머리에 새겨졌다.

○

아니, 마음에 새겨졌다.

김솔통 같은 글을 쓰고 싶다.

그래, 이거였다. 나는 갑자기 김솔통 같은 글을 쓰고 싶어졌다. 지구상의 중요도에 있어서 김도 못 되고, 김 위에 바르는 기름도 못 되고, 그 기름을 바르는 솔도 못 되는 4차적인(4차 산업혁명적인 게 아니라 그냥 4차적인) 존재이지만, 그래서 범국민적인 도구적 유용성 따위는 획득하지 못할 테지만 누군가에게는 분명 그 잉여로우면서도 깔끔한 효용이 무척 반가울 존재. 보는 순간, '세상에 이런 물건이?'라는 새로운 인식과 (김솔처럼) 잊고 있던 다른 무언가에 대한 재인식을 동시에 하게 만드는 존재. 그리고 그 인식이라는 것들이 딱 김에 기름 바르는 것만큼의 중요성을 가지고 있는 존재. 김솔통. 드디어 찾았다. 내가 쓰고 싶은 글. 두괄식을 만들어줄 첫 문장.

동네 마트에서 김솔통을 발견한 이날이 살면서 가장, 어쩌면 유일하게 작가라는 정체성에 가까워진 순간이었던 것 같다. 그렇게 첫 문장을 덜컥 써놓은 뒤로 5년 남짓한 시간이 흘렀고, 그동안 써온 글들이 과연 김솔통과 비슷한지는 잘 모르겠지만(너무 대단한 물건을 목표로 잡았는지도······), 일단 오늘도 쓴다. 잘 보이지 않고 잊히기 쉬운 작고 희미한 것들을 통에 담는 마음으로.

○

여행에
정답이 있나요

여행을 가기 전부터 인터넷에 올라온 각종 여행기들을 꼼꼼하게 살피는 사람이 있는 반면, 여행을 다녀온 후에야 본격적으로 서핑을 시작하는 사람도 있다. 내가 그렇다. 미처 돌아오지 못하고 여전히 여행지에 머물러 있는 마음을 잘 찾아 데려오기 위해서이기도 하고, 똑같은 곳에서 다른 사람들은 어떤 경험을 했는지 궁금해서이기도 하다. 그렇게 여행기를 수시로 샅샅이 찾아 읽다 보면 간혹 여행지에서 실제로 봤던 사람의 글을 발견하는 일도 생긴다. 루브르 박물관에서 스치듯 마주쳤던 A의 블로그처럼.

●

　루브르 박물관에서 가장 붐비는 두 곳을 꼽으라면 단연 〈모나리자〉와 〈밀로의 비너스〉 앞일 것이다. 특히 〈모나리자〉 앞은 세계 각국의 사람들이 밀푀유나베처럼 겹겹이 둘러서 있어 그 안에 섞여들기까지 약간의 각오가 필요했다. 꽤 오랜 시간이 흐른 후 드디어 맨 앞줄에 다다랐을 무렵에는 그림에 대한 감동이 나베 국물 속 채소처럼 시들어 있었지만, 그래도 그렇게 인구밀도의 최고치를 경험하고 나니, (그림보다 조각을 더 좋아하는 나의 취향도 작용했겠지만) 상대적으로 밀도가 낮은 비너스상 앞에서는 인파 속에서도 조각상을 즐길 여유마저 생겼다.

　　A를 본 것은 그곳에서였다. 그는 내 뒤편 어딘가에 서 있던 한국인 넷 중 하나였다. 사실 박물관에서 한국인을 마주치는 건 그리 특기할 만한 일도 아니다. 그들 말고도 이미 내 앞쪽과 옆쪽에도 많은 한국인이 있었다. 그중에서 가장 눈에 띈 사람들은 'ㅇㅇㅇ상인회'라는 글자가 적힌 티셔츠를 단체로 입은 5, 60대쯤으로 추정되는 한 무리의 중년 관광객이었다. 스무 명쯤 될까. 마침 바로 내 앞에 서 있기도 해서 어쩐지 눈여겨보게 되었는데 그건 A도 마찬가지였던 것 같다. A의 루브르 박물관 여행기 속 주요 등장인물이 바로 그들이었기 때문이다.

○

　A는 그들에 관해 두 문단에 걸쳐 써놓았는데, 첫 문단이 그들의 '행태 묘사'였다면 두 번째 문단은 그들로 대표되는 '중년 패키지 단체 관광객의 행태 묘사'였다. 그는 예술에 관해 아무것도 모르고 딱히 알고 싶어 하지도 않는 사람들이 루브르를 복잡하게 만드는 것에 개탄했고, 아무것도 모른 채 "유명한 작품 앞에서 사진 한 장씩 박는 게 여행의 전부인 사람들"의 문화적 척박함에도 개탄했으며, 아무것도 모르는 사람들에게 박물관은 지겨운 공간이었을 거라며 루브르와 그들의 잘못된 만남에 대해서도 개탄했다. 그들의 단체 티셔츠에 대해서도 개탄했다. 개탄 끝에 내린 그의 결론은 '그런 사람들'은 박물관에 오지 않았으면 좋겠다는 것이었다(흥미로운 부분은 우연히 들른 블로그가 그의 것이라는 걸 단박에 알아볼 만큼 A 본인도 "유명한 작품 앞에서 한 장씩 박은" 사진들을 올려놓았다는 것이다).

　개탄맨 A의 글을 읽는 동안 그와 내가 같은 장소에서 같은 사람들을 본 게 정말 맞는지 의아하고 당황스러웠다. A와 내 인식의 간극은 그들과의 물리적 거리에서 기인하는지도 몰랐다. A보다는 내가 그들과 가까이에 있었기 때문이다. 덕분에 내 귀에 그들이 조용조용 나누는 대화들이 간간이 닿았는데, "이거 무지 유명한 조각상이야"라며 비너스상에 관해 나지막한 목소리로 설명해주는 사람, "아, 그래? 너 똑똑하다, 야"라고 연신 고개를 끄덕이며 경청하는 사람, 좀 전에 찍어왔을 모나리자 사진을 돌려보면서 "세상에, 우리가 모나리자를 진짜로 보고 간다?"라며 마냥 신기해하는 사람, "내가 그림을 보는 게 처음이라서 그런가, 솔직히 모나리자 뭐가 좋은지 잘 모르겠더라. 쪼끄맣고"라며 갸웃하는 사람, "근데 모나리자 얘네 첫째 딸 좀 닮지 않았냐?"는 누군가의 말에 소리 죽여 큭큭 웃는 사람으로 이루어진 그 그룹에는 정겨운 구석이 있었다. 한참 후 조각상 앞에 당도했을 때는 가장 가까이에 서 있던 한국인인 나에게 사진을 찍어달라고 부탁해 어깨 위로 비너스상이 걸리는 사진을 몇 장 찍어주기도 했다.

거기서 숨이 죽은 줄 알았던 인연은 한 숨 더 이어졌다. 그날 밤, 게스트하우스 앞 광장에서 맥주를 마시고 있는 그들과 우연히 마주친 것이다. 나와 눈이 마주친 일군의 한 사람이 반색하며 나를 불렀고 (누군가 "어, 저기 루브르 언니다!"라고 외쳐 부른 걸 시작으로 나는 그 자리에서 내내 '루브르 언니'라고 불렸다) 나도 딱히 마다하지 않고 자연스레 합석해 맥주 한 잔을 얻어 마셨다. 한 시간이 채 안 되는 동안 그들에 관한 몇 가지 사실을 알게 되었다. 대개 내 또래의 자녀들이 있는 분들이었고, 해외 여행은 처음인 분들이 많았고, 각기 다른 업종의 장사를 오랫동안 해온 만큼 각기 다른 뚜렷한 개성 아래 흐르는 유대감이 있었다.

그중 가장 개성 넘쳤던 사람은 20년 넘게 꽃집을 했다는, 여자 그룹 안에서 리더격으로 보이는 분이었다. 그분은 손가락으로 휙휙 내 사진들을 넘기며 보다가, 색색 가지 온갖 꽃이 한데 섞여 있는 게 무척 아름다워서 발걸음을 멈추고 정성 들여 찍은 어느 정원의 사진에서 손가락을 멈추었다. 그러고는 이건 무슨 꽃이고 저건 무슨 꽃이라며 하나하나 알려주었다. 난생처음으로 듣는 이름도 있어 나는 늘 갖고 다니는 메모장에 몇몇 꽃 이름을 받아 적기도 했다. "역시 꽃집 사장님은 다르네!" 라는 옆 사람의 말에 "꽃집 한다고 다 아는 게 아니야, 이게 다 눈썰미도 있어야 하고, 공부도 얼마나 많이 해야 하는데!"라고 자랑스럽게 덧붙인 그분은, 너무 빠듯한 일정 탓에 한 나라에 충분히 머물지 못해 아쉬웠는지 몇 년 후에 꼭 다시 올 거라며 "이제 돌아가면 꽃 1억 송이는 팔아야겠다!"라고 호탕하게 의기를 다지고는 자리에서 일어났다. "여행 즐겁게 하세요." "루브르 언니도 잘 지내요." 짧지만 강렬한 만남이었고, 담백한 작별 인사였다.

　A의 블로그 글 아래에는 꽤 많은 댓글이 달려 있었다. A가 말하는 '그런 사람들'이 어땠을지 안 봐도 알겠다는 단언들. '그런 사람들'에 대한 비슷비슷한 목격담들. 많기도 많고 길기도 긴 그 댓글들을 읽다 보면, 런던 대영박물관부터 타이페이 국립고궁박물관까지, '단체 관광객'들이 몰려다니며 전 세계적으로 불러일으키는 개탄의 양으로 개탄 화력발전소 서너 개는 거뜬히 돌릴 수 있을 것 같았다. 그중에서 소음이나 새치기로 직접적인 민폐를 끼친 사례는 얼마 안 됐지만, 여전히 많은 사람이 "안 그래도 복잡한 박물관에 '그런 사람들'은 오지 않았으면 좋겠다"는 요지의 말을 거리낌 없이 했고, 특히 여행사 깃발 아래 몰려다니는 중년 단체 관광객은 '그런 사람'에 자동으로 포함되는 듯했다. '깃발 부대'라는 멸칭이 있을 정도였으니까. 허, 참, 동학 혁명의 나라에서 언제부터 깃발 아래 모인 사람들의 위상이 이렇게나 턱없이 떨어진 것인지.

　같은 현장에 있었던 사람으로서 분명히 짚고 넘어가고 싶다. 그들이 타인의 관람을 방해할 정도로 시끄러웠나? 그렇지 않았다. A와 그 일행들도, 주변에 있던 다른 사람들도 그들과 비슷한 데시벨로 간간이 대화를 주

○

고받았다. 그들이 질서를 어지럽혔나? 전혀 그렇지 않았다. A조차 그들이 '불편을 끼쳤다'라고 말하지는 않았다. 그러면 뭐가 문제였던 걸까. 결국 '예술에 조예가 있고 즐길 줄 아는 나'의 쾌적한 관람에 그렇지 못한(그냥 그럴 거라 그가 멋대로 예상하는) 사람들이 혼잡을 빚어 못마땅했던 것 아닌가.

중년, 단체, 패키지여행, 이 세 가지가 결합해서 빚어내는 어떤 편견. '여행부심'과 '예술부심'이 이중으로 빚어내는 어떤 오만. 거기에는 후세대에 비해 박물관이나 미술관의 전시를 생활 밀착적으로 관람하는 문화를 경험하기 힘들었고, 그래서 예술에 관심을 갖고 취향이라는 걸 만들어가기 어려운 조건이었으며, 지금처럼 여행이 보편화되기 이전에 젊은 시절을 보냈고, 그래서 여행을 가기까지 거쳐야 하는 복잡한 절차들이 쌓은 심리적 장벽을 패키지여행의 형태로 넘어보려는 세대에 대한 아무런 이해도 없었다(중년 안에서도 경험치와 감수성이 천차만별일 거라는 고려가 없었음은 물론이다). 아무것도 모르는 어린아이들이 미술관에 가는 건 '경험'을 쌓는 걸로 봐주지만, 그래서 당장은 지루해하고 별 감흥을 느끼지도 못해도 그런 경험들 끝에 돌아올 '무언가'를 기다려주지만 5, 60대 중년이, 이제 와서, 떼를 지어, 박물관과 미술관에 가는 건, 단지 패키지여행 일정에 포함되어 있으니 별생각 없이, 유명하다고 하니까, 그 앞에서 사진이나 찍고 싶어서,라고 쉽게 단정 지었다. 그들에게는 쌓을 '경험'도 미래의 '무언가'도 없을 거라는 듯이.

저 멀리서 관조했다면 사실 나 또한 그저 그런 생각으로 지나쳤을지 모른다. 편견을 갖기 쉬운 몇 가지 키워드에 의해 어떤 사람들이 '한 묶음'으로 정리돼버리면, 그 속에 제각각 다른 감정과 사연, 불가피한 사정과 한계가 있는 개별 인간들이 있다는 걸 떠올리기 힘들어지니까. 거기에다 실제로 '그런 사람들'이 질서를 어지럽히며 타인에게 피해를 준 사례가 추가되면 '안 그런 사람들'까지 '그런 사람들'로 한꺼번에 묶여버리기 쉬우니까.

하지만 조금 가까이에서 들여다본 묶음 속 세계는 그렇게 단순하지 않았다. 오랜 세월 벼르고 별렀던 해외여행이라는 커다란 감격이 있었고, 그 유명하다는 〈모나리자〉를 직접 눈으로 본 흥분이 있었고, 〈모나리자〉에서 누구네 딸내미를 떠올리며 터뜨린 공유된 폭소도 있었다. 〈모나리자〉가 별로였다는, 어떤 시작이 되는지도 모를 작은 취향이 비로소 만들어진 근사한 순간도 있었다. 〈밀로의 비너스〉에 관해 미리 공부해 와서 친구들에게 조용조용 알려주는 사람도 있었고, 이름도 종류도 전혀 모른 채 그저 '예쁜 꽃' 앞에서 찍은 내 사진을 하나하나 짚어가며 꽃의 이름을 설명해주는 '꽃박사'도 있었고, 그 꽃박사는 "꽃에 관해 아무것도 모르면서 그저 예쁘다고 사진이나 한 장 박고 가는 게 전부"라며 나를 무시하지도 않았다. 저마다의 방식으로 여행의 매 순간을 통과하는 중이었다. 그들도 나도.

이후로도 블로그, 책, 잡지, SNS 등에서 읽은 무수한 여행기들에서 여러 종류의 개탄맨들을 만났다. 유독 여행 분야에는 '그건 오답입니다!'라고 정답지를 들고 외치는 사람들이 많았다. 개탄의 대상은 단지 중년 단체 여행객만이 아니었다. 성별 나이 구분 없이 누구나 대상이 될 수 있었다. A가 일컫은 '그런 사람들'은, "수박 겉핥기식 패키지여행이나 하다가 돌아가는 사람들" "여행까지 와서 스마트폰을 손에서 놓지 못하는 요즘 애들" "인터넷 정보만 믿고 현지인들은 거들떠보지 않는 관광객용 식당에 뭣도 모르고 줄 선 사람들" "역사적 명소에는 관심도 없고 쇼핑만 하다 가는 애들" 등으로 끊임없이 변주되어 여행기 곳곳에 등장했다.

아니, 그러면 좀 안 되나요. 어차피 여행지에서 몇 달 살 것도 아니라면 누구도 수박 속까지 다 파먹을 수

○

없는데, 그냥 수박 겉만 즐겁게 핥다가 오면 안 되나.
SNS를 잠시 끊고 고즈넉한 여행을 즐기는 즐거움과 그
때그때 SNS 친구들과 여행의 순간을 활발히 나누는 건
엄연히 다른 종류의 즐거움인데. 뭣도 모른 채 그냥 가
보고 싶던 곳에서 먹고 싶은 거 먹고 나오면 안 되나. 그
래서 맛이 없었다면 그건 실패한 경험인가. 꽃에 대해
아무것도 모른 채 정원 사진을 찍고, 예술에 대해 아무
것도 모른 채 미술관에 가면 좀 어떤가. "유명한 스폿에
서 사진 한 장씩 박고 가는 게 여행의 전부"면 또 어떤
가. 타인이 더 나은 경험을 해보길 진심으로 바라서 하
는 조언과, 무작정 던져놓는 냉소나 멸시는 분명 다르
다. '세상의 빛을 보자'는 게 '관광(觀光)'이라면, 경험에
위계를 세워 서로를 압박하기보다는, 서로가 지닌 나와
다른 빛에도 눈을 떠보면 좋지 않을까.

　　마침 어제도 그런 종류의 개탄이 살짝 들어간('판에
박힌 여행'을 한심해하는) 여행기를 하나 읽는 바람에 오랜
만에 A의 글이 떠올랐다. 글 속에서 그분들이 형편없이
묘사되는 걸 속절없이 읽고만 있었던 게 새삼 속상해서
이제라도 그 오해를 풀어보고자 이 글을 시작했다. 루브
르 언니가 7년 만에 맥주 빚을 아주 조금 갚는다.

○

거꾸로
인간들

축구를 하러 가려면 버스를 갈아타야 한다. 집 근처에서 나를 싣고 달리는 A버스와 축구장 근처에서 나를 내려주는 B버스의 관계에 관해 오랫동안 고민한 끝에 몇 가지 가설을 세우게 됐다. 그 둘은 도로 한복판에서 접촉사고가 난 이후 앙금이 깊게 쌓인 철천지원수이거나, 주차장 한쪽에서 세기의 사랑을 나누다가 마음 아프게 헤어진 연인이거나, 버스에 입혀놓은 색을 싹 벗기면 흠집들마저도 똑같은 곳에 나 있는 도플갱어이거나.

　뭐가 됐든 절대 한 공간에서 마주쳐서는 안 되는 관계가 분명하다. 그렇지 않고서는 1년 넘게 이토록 번번이 A버스가 정류장에 도착하기 무섭게 B버스가 꽁지를 빼며 부리나케 떠나버리는 이유를 설명할 수 없다. 그것도 한번 놓치면 20분을 기다려야 하는 버스가 말이다. 집에서 일찍 나온다고 나오는데도 버스들의 이런 복잡한 개인사 때문에 늘 훈련시간 1~2분 전에야 겨우 도착한다. 나도 좀 미리 나가서 몸도 풀고 '거꾸로 인간들'도 만나고 싶은데 말이다.

거꾸로 인간들을 처음 만난 건 여자축구팀에 입단하고 석 달쯤 지나서였다. 지금과는 다른 동네에 살던 그때도 지금처럼 버스를 갈아타야 했는데(당시 집에서부터 타고 가는 C버스와 B버스의 관계는 그럭저럭 괜찮은 편이었다), 그날은 C버스에서 내리자마자 도착하는 B버스를 바로 잡아 타는 행운 덕에 평소보다 40분이나 일찍 축구장에 도착한 것이다.

정적이 흐르는 가운데 한참 혼자 있게 될 줄 알았는데, 웬걸. 이른 아침에도 축구장 주변은 부산스러울 정도로 활기를 띠고 있었다. 똑같은 유니폼을 입은 낯익은 얼굴들이 여기저기 흩어져 축구장 바깥에 설치된 기구들로 운동을 하고 있던 것이다. 내가 모르는 사이에 늘 다들 이렇게 미리 와서 개인 운동을 해왔던 거구나. 그들의 바지런함에 새삼 놀라 혀를 내두르는데 내 이름을 부르는 소리가 들렸다.

"어? 혼비다!"

그 소리에 운동에 여념이 없던 팀원들이 일제히 내 쪽을 돌아봤다.

"웬일이야, 오늘은 일찍 왔네!"

"잘됐다, 너도 같이 몸 풀자!"

이런저런 말을 건네며 환하게 반겨주는 팀원들과 인사를 나누는데 정작 첫 목소리의 주인공은 찾을 수가 없었다. 어디서 난 소리지? 연신 두리번거리며 축구장 주변을 빠르게 훑었다. 그리고 발견했다. 저만치에 있는 거꾸로 인간들을. 멀리서도 내 시선을 알아챘는지 그들이 나에게 손을 흔들었다. 우리 팀의 갓 쉰이 된 언니-곧 쉰이 될 언니-반올림하면 쉰이 되는 언니로 구성된 트리오가 구석에 있는 철봉에 무릎을 걸친 채 거꾸로 매달려 있었다. 검은색 추리닝을 입고 나란히 그러고 있으니 흡사 박쥐 인간 세 마리 같았다.

예전에 어디선가(아마도 회사 앞 식당에 종일 틀어진 종편 채널의 건강정보 프로그램이었을 것이다) 거꾸로 매달리는 게 혈액순환을 돕고 척추 스트레칭의 효과가 있으며 장기 건강에도 좋다고 들은 적이 있다. 그래서인지 요즘은 피트니스센터뿐만 아니라 가정에서도 일명 '거꾸리'라고 부르는 운동기구에 몸을 붙이고 일정 시간 거꾸로 매달려 있는 사람들을 종종 볼 수 있다. 숨차게 뛰거나, 타는 듯한 근육통을 견디거나, 비 오듯 땀을 쏟지 않고 그저 기구의 매트 위에 누운 다음 방향을 뒤집어서 가만히 매달려 있기만 해도 몸에 좋은 일을 하는 거라는 간편성이 마음에 들기도 하지만(말하자면 '누워서 약 먹기' 같은 것 아닌가) 그럼에도 그 간편성이 의심스러워서 자주 이용하게 되지는 않는다(실제로 안압을 높인다거나 척추에 무리를 줄 수도 있다고 하니 조심하자).

하지만 언니들의 매달림은 그런 이유가 아니었다. 내가 잠시 시류에 편승해서 눈앞의 상황을 멋대로 오해한 채 그들에게 손을 마주 흔들고는 시선을 돌리려는 순간, 그들이 일제히 움직인 것이다. 움직여서 무엇을 했냐면…… 철봉에 거꾸로 매달린 채로 상체를 들어 올려 이마가 무릎에 닿기 직전까지 윗몸일으키기를 했다…… 스무 개씩, 세 세트를.

그러면 그렇지. 저들이 어떤 여자들인데 고분고분 '누워서 약 먹기' 같은 것을 할 리가 없지. 그래도 그렇지. 허공에서 윗몸일으키기 예순 개라니. 그것도 절도 있는 동작에 빠른 속도로. 그들이 윗몸일으키기 예순 개를 하는 동안 나는 열 개나 제대로 할 수 있을까? 물론 그 열 개마저도 침대에 누워 하는 경우를 말하는 것이다. 철봉이라니. 저기에 저렇게 다리 힘만으로 단단히 매달려 있을 자신도 없는데 윗몸일으키기는 무슨. 단 한 개도 제대로 할 수 없을 것이다.

놀라움에 발이 묶여 그 자리에 붙박인 채로 그들은 '가벼운 몸풀기 운동'이라고 말하지만, 나로서는 절대 동의할 수 없는 그것을 끝까지 지켜봤다. 그들은 이제 박쥐 인간이 아니라 배트우먼처럼 보였다. 예순 개를 가뿐히 마치고 땅에 내려와 숨을 고르는 것도 왜 그리 멋지던지. 그때까지도 넋을 잃고 보고 있는 내게 언니 중 한 명이 손사래 치며 말했다.

"어유 야, 놀랄 것 없어. 너도 할 수 있어, 할 수 있어. 나도 네 나이 때는 딱 너 같았는데, 너도 내 나이 돼봐. 그럼 이렇게 할 수 있다니까?"

오, 그렇구나, 별생각 없이 고개를 끄덕이다가 웃음이 터졌다. 언니가 너무 천연덕스럽게 말해서 그 말의 이상한 점을 전혀 눈치채지 못하고 지나갈 뻔했다. 아니, 대체 누가 "너도 내 나이 돼봐"를 그런 의미로 써요. 보통 50대가 30대에게 그런 말을 할 때는 '나도 네 나이 때는 너 같았는데=너처럼 쌩쌩했는데' '너도 내 나이 돼봐=너도 체력 떨어지는 게 뭔지 알게 될 거야' 정도의 의미로 쓰지 않나요? 그 말을 한 언니도, 옆에서 같이 숨을 고르는 언니들도 이 상황이 뭐가 이상한지 전혀 모르는 것 같았다. 정말이지 철저히 거꾸로 인간들이다.

하지만 그 후로도 나는 이 비슷한 말들을 자주 듣게 된다. 후반전 시작 무렵부터 벌써 힘에 부쳐 내가 공을 차는 게 아니라 공에 내가 차이는 것에 가깝게 해롱대다가 결국 교체되어 축구장 밖에 나와 있으면, 전후반 풀타임을 거뜬히 뛰고 나온 4, 50대 언니들이 "나도 네 나이 때는 전반 겨우 뛰었어. 너도 내 나이쯤에는 후반까지 버틸 수 있을 거야!"라고 위로를 한다든지, 며칠 전 다 같이 받은 특훈의 결과로 종아리에 알이 잔뜩 배어 다리를 모으지도 못하고 후들대며 걷고 있는데, 그 옆으로 계단을 성큼성큼 내려가며 언니들이 "네가 아직 하체 단련이 덜 돼서 그래. 나도 너만 할 때는 그랬어. 너도 웨이트 몇 년만 더하면 내 나이쯤 돼서는 다음 날 조금 쑤시다 말 거야"라고 격려를 한다든지. 이쯤 되니 나도 이 거꾸로 인간들에게 동화되어 축구장 밖 세상에서 '나이가 많아서 난 이제 안 돼'의 의미로 쓰이는 "내 나이 돼봐"에 적응이 안 될 지경이다.

실제로 그랬다. 언젠가부터 당연하다는 듯이 나의

신체적 롤모델이 많게는 나보다 10년 이상 나이가 많은 축구팀 언니들이 되었다. 한 해 한 해 생물학적 나이는 들어가고 여러 노화가 진행되고 기억력이라든지 창의력이라든지 이미 예전만 못한 것들이 하나둘씩 늘어가지만, 롤모델들을 따라 복근운동을 하고 축구장을 누비고 공을 차다 보니, 체력만큼은 작은 눈금을 타고 서서히 올라갔다. 크게 아팠던 탓에 체력이 한꺼번에 깎여나갔던 30대 초반에 비해, 축구를 갓 시작한 30대 중반에 비해, 40대가 된 지금의 나는 얼마나 많은 것을 할 수 있는 몸이 되었는지. 그럼에도 아직까지 50대 언니들을 따라가려면 얼마나 멀었는지. 다가올 나의 40대 중후반에는 또 얼마나 많은 가능성이 열릴지. 철봉에 매달리지도 않았는데 갑자기 세상이 거꾸로 되었다. 축구공을 따라 뛰다 보니 시간은 거꾸로도 흘렀다.

'거꾸로 시간들'이 나의 일상 곳곳에도 흘러들어와서인지, 예전 같았으면 단지 나이 때문에 새롭게 시작하기를 망설였을 일들 앞에서 '나이가 뭐가 문제야. 해보면 되지!' '나이랑 상관없이 해볼 수 있을 것 같은데?' 같은 배짱이 몸속 어딘가에 근육과 함께 슬그머니 붙어 있는 걸 발견할 때도 있었다. "지금 시작하면 앞으로 남은 20년(대체 어떤 연산의 작동인지 모르겠지만 언니들끼리는 인간의 수명을 얼추 70년으로 합의를 끝낸 듯하다) 또 재미나게 보낼 수 있다!"며 대한축구협회 4급 축구 심판 자격증을 따내고, 대학원에 입학하고, 삽화 그리기 같은 새로운 취미를 시작하고, 겪기 전에는 상상도 못 할 정도로 무섭다는 갱년기를 오랫동안 해온 '운동발' 덕에 그럭저럭 잘 견딘다는 언니들 위로 10년 후의 나를 겹쳐볼 때마다 몸집을 불려온 배짱일 것이다. 그러니까요. 언니들 말이 맞네요. 그 나이가 되어가니 조금씩 알겠어요.

어제 퇴근하고 집에 와서 이 글을 쓴 덕에 갑자기 마음 깊은 곳에서 새삼 열정이 솟구쳐서 오늘은 큰마음 먹고 평소보다 30분 일찍 일어나 (주말 아침잠 30분이 직장인들에게 얼마나 소중한지 알아달라) 여전한 A버스와 B버스의 훼방에도 굴하지 않고 일찍 도착하는 데 성공, 오랜만에 언니들과 함께 몸을 풀었다. 조금 일찍 와서 같이 몸풀기 운동하면 이렇게 좋은 것을! 그것을, 그놈의 버스가 도무지 도와주질 않는다고 투덜거렸더니 언니들이 이런 어이없는 말은 처음 들어본다는 듯 눈을 동그랗게 뜨더니 단칼에 결론을 내려주었다.

"야, 그걸 뭘 버스를 기다려. 그냥 뛰어와!"

"그래, 나도 그거 성질나서 안 타. 전속력으로 뛰면

금세 와!"

저, 저기요…… 그렇게 되면 평소보다 집에서 20~30분 더 빨리 나와야 하는데, 그럴 참이었으면 애초에 한 타임 빠른 B버스를 타고 일찍 일찍 오지 않았겠습니까(주말 아침잠 30분이 직장인들에게 얼마나 소중한지 알아달라). 게다가 정류장부터 축구장까지는 걸어서 대략 40분 거리다. 평소라면 그 거리야 뛰려면 뛸 수도 있겠지만, 아직 전후반 풀타임을 다 소화해내지 못하는 나로서는 축구 경기 직전에는 최대한 체력을 아껴두어야 하니 차마 엄두를 내지 못할 일이다. 경기 시작 전에 축구장한 바퀴 더 뛰고 안 뛰고가 실전 체력에 영향을 미치는, 그래서 경기 전날에는 저녁 약속도 잘 잡지 않는, 아직도 갈 길이 먼 풋내기 축구인인 것이다.

하지만 덕분에 또 다른 구체적인 미래의 목표를 가슴에 품게 되었다. 언젠가는 나도 언니들처럼 전후반 풀타임을 다 뛰고도 체력이 남는 사람이 되어 이 정도쯤은 거뜬히 뛰어다닐 것이다. '그 나이'가 되면 할 수 있을 것이다. 꼭 그럴 것이다. 그날이 오면 이 글을 쓰고 있는 지금의 나에게 이야기해야지. "봐, 바로 앞 문장에 쓰여 있잖아. 내 나이 되면 너도 할 수 있을 거라고." 그리고 그날이 오면 B버스에게도 반드시 이야기할 것이다. "내

○

가 다시는 너를 기다리나 봐라!"

●

축구와
집주인

어떤 중요한 사실은 머리를 거치기 전에 입에서 저절로
흘러나온다. 어느 북토크 행사에서였다. 한 독자가 "축
구를 해서 가장 좋은 점 하나를 꼽는다면 뭐예요?"라고
물었다. 오랜만에 받는 질문이라 적이 당황했다. 축구하
는 이야기로 책을 냈으니 저런 질문을 자주 받을 거라고
예상하지만, 바로 그 예상 때문에 사람들은 그 질문을
오히려 하지 않는다. 그에 관해 이미 한 권의 책으로 답
했다고 생각해서일지도 모른다. 더구나 축구를 해서 '가
장' 좋은 점 '하나'라니. 한두 가지가 아니라서 무엇을 골
라야 할지 막막했다. 이럴 땐 조금이라도 생각해보고 답

을 해도 될 텐데, 이상하게 북토크나 강연만 가면 질문이 나오자마자 바로 답이 이어 나와야 할 것 같은, 말하자면 '오디오가 비는 상태'를 만들면 안 될 것 같은 강박이 있다. 미처 머리를 거치기 전에 입에서 저절로 튀어나온 답은 이랬다.

"잘 싸우게 됐어요. 가령…… 집주인이랑."

대답해놓고 살짝 당황했다. 직관적으로 이해될 수 있는 다른 대답을 할 수도 있었다. 지구력이 강해졌다든지, 기술을 하나씩 익힐 때마다 몸에 새겨지는 성취의 감각이 일상의 다른 일을 하는 데에도 고양감을 불러일으킨다든지, '보여지는 몸'에서 상당 부분 벗어나 '기능적인 몸'으로서 나의 몸을 감각하게 되었다든지 등, 할 말은 차고 넘쳤다. 그 많은 말을 밀치고 '잘 싸우게 됐다'는 답이 튀어나온 것이다. 2018년에 한 팟캐스트에서도 똑같은 이야기를 한 적이 있지만 그때는 차고 넘치는 할 말들 가운데 일부로서 했던 말이었고 이렇게 단독으로, '가장'에 해당하는 장점으로 언급한 건 이번이 처음이었다. 예상치 못한 답이어서인지, '집주인'이라는 TMI에 가까운 구체적인 단어 때문이었는지, 사람들은 "대체 집주인이 어땠길래요?" "집주인이랑 치고받고 하신 거예요?" 같은 잇단 질문을 던지며 웃었고, 나도 같이 웃었는데, 시간 관계상 정작 그 이야기를 길게 하지는 못했다.

여러 집주인을 거치면서 무주택자에게 가장 중요한 인복은 '집주인복'이라는 지론을 갖게 되었다. 법은 절대 세입자 편이 아니었다. 법의 보호를 받지 못하니 결국 '집주인복불복' 같은 애매한 것에 의지해야 하는 상황이 어처구니없었지만 어쩔 도리도 없었다. 대체로 집주인복이 있는 편이었지만 결코 잊지 못할 집주인도 두 명 만났다. 남다른 인품을 지닌 사람들이었다. 그들이 얼마나 많은 것을 알려주었는지! 그들은 내가 누군가를 이렇게까지 증오할 수 있다는 걸 처음 알려주었고, 의지와 상관없이 손이 진동 딜도처럼 떨릴 수 있다는 것을 알려주었고, 작성한 계약서가 얼마나 무력하고 무용한지를 보여줌으로써 종이에 적힌 글의 힘을 과신하지 말라는, 신인 작가에게 꼭 필요한 메시지까지 뼈에 사무치게 전해주었으며, 그때마다 쓴 수십 통의 내용증명은 습작의 밑거름이 되어주었다(고 믿고 싶다).

그들은 나보다 스무 살에서 서른 살은 더 많은 남자들로 하나같이 말이 통하지 않았다(혹은 말이 통하지 않는 척했다). 계약서대로 보증금을 돌려주지 않거나 그 상태로 몇 달을 방치하는 건 자기들이면서, 그에 대해 따져

43

물으면 원래 다 이런 거니 빡빡하게 굴지 말라고 버럭 고함을 지르거나, 눈을 부라리며 성질을 냈다. 그중 성질 더럽기로 악명 높아 그 동네 편의점 점주들도 고개를 절레절레 내저었던 집주인은 자꾸 이러면 너도 이 꼴 날 수 있다는 듯이 들고 있던 물건을 땅바닥에 패대기쳐 박살 내는 것으로 대화를 종료했다.

어디 가서 말싸움으로는 좀처럼 지지 않는 나였지만, 정상 세계의 논리가 통하지 않고 여차하면 물리적 폭력을 휘두를 수도 있다는 함의가 다분히 담긴 언행을 하는 사람 앞에서는 어찌할 바를 몰랐다. 말싸움의 패인은 비단 집주인의 폭력성뿐만이 아니었다. 큰소리를 내는 건 상대방인데도 큰소리가 나면 주변의 이목이 부끄러웠고, 거기다 대고 조곤조곤 논리를 들이미는 것 말고는 할 수 있는 게 없는 내가 한심했고, 혹시 모를 물리적 폭력의 피해자가 될까 두려워 상황을 악화시키지 않으려 조용히 물러났다.

그라운드에서도 마찬가지였다. 몸싸움 중에 감정이 격해진 상대 선수가 소리를 지르거나 욕을 하면 못 들은 척 넘어갔다. 아니, 그러기 전에 몸싸움의 일환으로 상대 선수를 밀치거나 잡아당겨야 할 때가 있는데(엄밀히 반칙이지만 엄연히 플레이의 일부다) 차마 그러지 못해

우물쭈물하다가 되레 당하기 일쑤였다. 보통은 살면서 타인을 밀고 잡아당기고 발 걸고 때리고 밟을 일이 없지 않은가! 누구 몸에 함부로 손대지 않는 문명사회의 법칙이 나를 꽉 죄고 있어서 손도 발도 좀처럼 나가지 않았다. 어쩌다 내 몸에 부딪혀 누군가 넘어지면 자동적으로 '미안해요!'라는 말부터 튀어나왔다.

"야, 너 그 미안하다는 말 좀 하지 마! 우리한테는 안 미안해? 네가 몸싸움에서 자꾸 지니까 우리가 힘들잖아!"

팀원들에게 늘 한소리 들으면서도 그놈의 '미안하다'를 입에서 떼어내기까지 1년이 걸렸다. 그래도 상대방이 주는 만큼 나도 돌려주는 '기브앤테이크식' 몸싸움은 소심하게나마 조금씩 해나가기 시작했다. 이 사람이 아까 나를 세게 밀었으니 나도 그 정도로는 밀어도 되겠지? 아까부터 실수인 척 아닌 척 내 정강이를 걷어차고 있는데 나도 해볼까? 그랬다가 상대방이 벌컥 소리를 지르며 화를 내면 나도 그만 억울해져서 "언니도 계속 그랬잖아요!"라고 같이 소리를 지르게 됐고, 판정 시비가 붙었을 때 심판이 큰 목소리로 거칠게 항의하는 쪽 말을 듣는 경향이 있다는 걸 간파한 후에는 내 목소리도 점점 커져갔다. 목소리 데시벨만큼, 밀어서 누군가를 넘

45

어뜨리기도 하고 밀려서 나자빠지기도 하며 몸싸움 실력은 야금야금 늘었다.

불시에 날아오는 가격에도 조금씩 익숙해져갔다. 대개 몸싸움을 하는 과정에서 서로 지나치게 딱 붙어 있는 바람에 일어나는 일이다. 휘두르는 팔꿈치에 정통으로 얼굴을 맞아 데굴데굴 구르기도 하고, 애매하게 서 있다가 상대가 있는 힘껏 내뻗은 다리에 배를 차여 쓰러지기도 하고, 공을 놓고 다투다가 정강이끼리 부딪쳐 눈물을 쏟기도 했지만, 어쨌거나 그것들은 축구를 하다 보면 필연적으로 따라붙는, 못 견딜 것 같지만 결국 견뎌내고 지나치는 고통이었다.

이런 크고 작은 경험이 몸과 마음에 어떤 형태로든 쌓였다는 걸 깨달은 건 집주인과 몸싸움……은 아니고 말로 싸웠을 때였다. 축구한 지 3년이 되어가는 어느 날, 집주인(대화 중에 물건을 박살 냈던 그 인간!)이 공사 문제를 두고 약속을 어겨 계약서를 들고 따지러 갔다가 대뜸 호통부터 치고 보는 그에게 맞고함을 치며 싸운 것이다. 그가 때리기라도 할 것처럼 위협적인 몸짓으로 내 앞으로 성큼성큼 다가올 때도 예전만큼 무섭지 않았다. 주변에 폭력의 발생을 증언해줄 사람이 많기도 했거니와, 무엇보다 맞아봤자 팔꿈치로 얼굴을 가격당하거나,

배를 차이거나, 정강이끼리 부딪치는 아픔 같은 거겠지, 라는 생각이 드니 그쯤이야! 싶었던 것이다. 이쯤 되면 주눅 들어 물러날 줄 알았던 내가 바락바락 맞서니 화가 난 그가 급기야 "하, 참 개 같은 년이⋯⋯"라고 욕을 뱉은 순간에는, 뭐? 개 같은 년? 그래, 내가 이 구역의 그 유명한 그랜드 개년이다! 어쩔래? 이판사판의 마음이 되며 더욱 전의에 불타올라 '아저씨'라고 부르던 호칭을 '양아치'라고 수위를 올리기까지 했다.

이날은 확실히 어떤 분기점이었다. 집주인이 처음으로 사과해서만은 아니었다(그동안 좋게 좋게 말할 때와는 사뭇 다른 재빠른 사과에 허탈하면서 괘씸했다). 이날 이후 나는 조금은, 적어도 예전보다는, 잘 싸우게 됐다. 고함치는 게 뭐라고 그동안 이거 하나를 제대로 못 했는지. 누군가의 커다란 목소리를 뚫고 나도 더 크게 소리 지를 수 있고, 그래도 된다는 것은 그라운드에서 비로소 새겨진 감각이었다.

무엇보다 공포를 버텨내는 힘이 달라졌다. 그라운드 위에서나 그라운드 밖에서나 마찬가지였다. 물리적 충돌을 대면하는 수밖에 없다면 여차하면 나도 육탄 방어할 거야, 때릴 수 있다면 나도 같이 때릴 거야,라는 그림이 머릿속에 그려지자 공포가 조금 줄었다. 진짜로 그럴 수 있든 없든(아마도 실제 상황이 닥치면 못 그럴 확률이 높아 보이지만), 그런 그림조차 그려지지 않았을 때는, 백지처럼 새하얘진 머리와 함께 온몸이 얼어붙어 손가락 하나 움직일 수 없었다. 당할 수 있는 물리적 폭력이 어떤 느낌인지 잘 모른다는 점도 공포의 요인이었다. 그럴 때면 나도 모르게 상상할 수 있는 최대 크기의 고통을 떠올리며 더 심하게 얼어붙곤 했다. 그런데 그라운드에서 몸싸움을 하면서 '맞는' 경험치가 쌓이다 보니, 고통의 느낌을 조금이나마 가늠할 수 있었고, 그렇게 고통이 구체성을 띠고 다가오니 그게 또 두려움을 한결 줄였다. 적어도 나를 집어삼킬 정도로 커지지는 않았다. 이것만도 굉장한 발전이었다. 우리는 보통 폭력에 제압당하기 전에 폭력에 대한 두려움에 먼저 제압당하니까. 수비수 한 명을 제친 기분이었다.

3년 전, 한 스터디 모임에서 수전 브라운밀러의 《우리의 의지에 반하여》를 읽었다. 무척 고통스러운 독서였고 '싸우는 여성'에 관해 함께 고민해볼 수 있는 시간이었다. 여성들은 끊임없이 폭력의 피해자가 되곤 하는데도 어려서부터 육체적으로 싸울 수 있도록 훈련받을 기회를 박탈당한다. 싸움에 대처하는 법을 전혀 모르기 때문에 갑자기 들이닥친 신체적 폭력 앞에서 공포에

○

압도된 나머지 해볼 수 있는 어떠한 시도조차(심지어 주머니 속에 휘두를 수 있는 칼이 들어 있는데도 손을 넣어 칼을 꺼낼 시도조차) 못한 채 고스란히 당하는 피해자들이 얼마나 많은지. 이 책에서 폭력을 금기시하는 내면의 억압과 공포가 여성의 손발을 묶어버린다는 대목을 읽을 때, 영화 〈벌새〉에서 걸핏하면 폭력을 휘두르던 오빠가 스스로 그칠 때까지 당하고만 있던 은희에게 영지 선생님이 했던 말이 떠올랐다. 이제는 맞지 말라고. 누가 때리면 어떻게든 맞서 싸우라고 했던.

수전 브라운밀러와 영지 선생님의 말은, 마음대로 누구를 때리라는 뜻이 아니다. 폭력을 옹호하고 선동하는 것도 아니다. 문명의 선을 지키며 살되, 저 선을 넘어버린 누군가가 폭력을 행사할 때, 공포와 억압에 가로막혀 속수무책으로 당하고만 있지 말라는 뜻이다. 은희는 왜 맞서 싸우려 생각하지 못했을까? 또 나는 그전까지 왜 맞서 싸울 생각도 못 한 걸까? 큰소리 내면 안 돼, 때리면 안 돼, 싸움은 나빠, 여자가 나대고 과격하면 못써, 여자는 어차피 지게 되어 있어, 같은 것들만 잔뜩 배우고 '무례한 사람에게 웃으면서 화내는 방법'에만 도가 트느라, 고함치고 때리고 맞는 원초적 싸움에서 나를 주체로 놓아보지 못한 것이다.

하다못해 살려달라고 소리 지르는 일 하나에도 훈련이 필요하다는 걸 친구 H를 보고 알았다. 살면서 누구에게 고함 한번 쳐본 적 없는 순하디순한 H는 미국 유학 시절 타고 가던 배가 뒤집혀 물에 빠지는 위급한 상황에 처했는데 저만치 뭍에 있는 사람에게 "Help me!(살려주세요!)"라고 외치고 싶었지만 좀처럼 소리가 나오지 않아 가까스로 마지막 말을 쥐어짜서 "Would you mind…… helping me?(혹시 괜찮으시다면…… 저를 살려주시겠어요?)"라고 정중하게 말했다 한다. 숨이 넘어가기 직전인데 말이다! 상대방이 위급함을 눈치챘기에 망정이지 '우쥬마인드'가 정말 마지막 말이 될 뻔했던, 하마터면 내가 가장 사랑하는 친구를 잃을 뻔한 이 이야기는 큰 혼란을 가져다주었다. 아니, 그게…… 급박한 순간이 닥치면 비명이 저절로 나오는 게 아니었어? 자동 알람 시스템이 아니었다고? 본능은 할 일 안 하고 거기서 뭐하냐……. 축구를 시작하기 한참 전에는 나 역시 고함에 익숙지 않아 두려웠다. 위기의 순간에 공포와 억압을 이기고 소리 지를 수 있을까?

그렇다. 여성들도 소리 지르고 때리고 맞는 훈련을 해야 한다. 미지의 영역에 머물러 있는 '원초적 싸움의 세계'를 경험을 통해 현실의 영역으로 끌어내려야 한다.

○

손발을 결박하는 공포와 억압의 사슬을 끊어내야 한다. 그래야 다음 스텝으로 도망치든, 도와달라고 소리치든, 주머니 속 무기를 침착하게 꺼내 들든, 맞서 싸우든, 가드를 올리고 방어하든, 뭐든 할 수 있는 가능성이 열리는 것이다.

여전히 나는 그라운드 안팎에서 웬만해서는 싸움을 피하고 몸을 사리는 소심한 사람이다. 상대방이 얼마나 '막 나가는' 사람인지 모르는 상태에서 괜히 잘못 건드려 위험하거나 귀찮은 상황에 휘말리고 싶지 않아서다. 하지만 이제는 안다. 맞대응할지 피할지 판단하는 것도 싸움의 경험이 쌓여야 가능하다는 것을. 무조건 피하는 수밖에 없다고 무력하게 포기하는 게 아니라 '맞대응'이라는 선택지를 쥐고 있을 때 비로소 보이는 것들을. 그러니까 나는 그날 북토크에서 이런 이야기들을 하고 싶었던 것이다. 어떤 과정을 거쳐 예전보다 잘 싸우게 됐는지. 잘 싸울 수 있다는 감각이 무엇을 바꿨는지 (그리고 그 집주인이 얼마나 나쁜 놈이었는지!).

그리고 궁금하다. 축구도 이럴진대 본격 격투 스포츠는 싸움에 대해 무엇을 더 알려줄까? 내 몸무게의 두 배가 나가는 바벨을 번쩍번쩍 들게 되면 어떤 방식으로 단단해질까? 몸도 몸이지만 다양한 감각들을 마음에 새기고 싶다. 여기까지 해볼 수 있겠다는 마음이 여기까지 해볼 수 있게 만들므로. 스트레칭으로 몸을 최대한 길게 뻗어보는 것처럼 내 마음도 어디까지 갈 수 있는지 최대한 길게 뻗어보고 싶다. 나는 더 잘 싸우고 싶다. 더. 더.

○

가식에
관하여

───

─ • ─

제70회 칸영화제 황금종려상 수상작이자, 스웨덴 감독
루벤 외스틀룬드가 만든 영화 〈더 스퀘어〉를 봤다. 스톡
홀름 현대미술관의 수석 큐레이터인 백인 남성을 주인
공으로 앞세워, 예술적 감각이 있고 약자를 배려하며 매
사 정의로운 듯 행동하지만, 크고 작은 현실적인 문제
들과 부딪힐 때면 금세 드러내고야 마는 현대인의 위선
과 가식을 까발리는 블랙코미디였는데, 장면 하나하나
가 미학적으로 잘 짜였고, 제기하는 문제의식이 뜨끔하
게 다가오는 순간들도 있었으나, 나에게는 전반적으로

뜨뜻미지근한 영화였다. 일단 제1세계 백인들이 삶에서 겪는 딜레마라는 것들이 그보다 욕망의 레이어가 훨씬 중층적으로 깔린 'K-국'의 시민에게는 일견 한가로워 보였고, 위선을 보여주는 방식이 지나치게 도식적이어서 심리학 교재를 영화로 옮겨놓은 듯했는데, 그에 비해 러닝타임은 왜 이렇게 긴지, 엔딩크레디트가 떴을 때는 드디어 이 영화가 끝났다는 기쁨에 황금종료상을 주고 싶었다.

하지만 이 영화가 새삼 환기해준 역설이 있다. 이런 '현대인의 위선과 가식을 까발린다!' 유의 영화들을 볼 때마다, 위선을 조롱과 비판의 대상으로서 도마 위에 올려놓은 감독의 의도와는 다르게(아니, 아마도 의도와는 정반대로), 모두가 위선을 부리고 있는 상황이 사실은 얼마나 바람직한지를 생각하게 만든다는 역설 말이다. 뜻하지 않은 '위선 권장 영화'라고나 할까. 영화에서 등장인물이 자신과 타인에게 커다란 상처를 주거나 해를 입혀 결국 파국을 맞는 순간은, 사람들의 위선이 벗겨진 순간, 그러니까 누구도 더 이상 위선을 부리지 않고 있으며, 부릴 의지도 없는 순간이기 때문이다. 만약 끝까지 약자를 배려하는 척, 정의로운 척 위선이라도 부렸더라면 누구도 다치지 않고 넘어갔을 일이, 꼭 위선을 벗는 바람에 큰 문제가 된다.

누군가는 위선을 긍정할 게 아니라 애초에 사람들이 삶에서 위선을 부리지 않으면 좋지 않겠냐고 말할지도 모르지만, 그런 세상이 과연 살 만한 곳일까? 위선없이도 늘 선을 행할 수 있는, 순도 100퍼센트의 선과 완벽하게 완성된 인격으로 이루어져 있는 사람이 몇이나 있을까? 딱히 성악설을 믿는 것은 아니지만 우리의 본심 속에는 수많은 균열이 있기에, 어쩌면 '위선이 사라지고 인간의 솔직한 본심만이 남은 세상'은 형용모순일지도 모르겠다. 인간의 본심만이 남았을 때 세상은 붕괴되고 말 테니까.

또 누군가는 위선을 긍정할 게 아니라 위선을 부리지 않아도 자기 본심대로 행동하는 것이 곧 선인, 그런 상태를 만들려고 노력해야 하는 게 아니냐고 말할지도 모르지만, 그 '노력'의 일환이 위선이라면? 선이 인간의 마음속에서 저절로 무한증식하며 만들어지는 게 아닌 이상, 어느 날 하늘에서 계시처럼 나에게로 뚝 떨어지는 것이 아닌 이상, 선을 '나의 것'으로 만들려면 우리는 세상이 선으로 규정한 어떤 모델을 위조해보고 모방도 해보면서 습득하는 '위선'의 단계를 거칠 수밖에 없다. 그런 점에서 위선을 벗으려고 노력할 게 아니라, 위선을

○

최대한 오래 부리려고 노력하는 편이 현실적으로 훨씬 좋은 선택인 것 같다. 위선의 지구력을 높이기. 가능하다면 생애 마지막까지. 죽을 때까지 벗겨지지 않는 위선은 결국 선으로 세상에 남을 테니까.

— • —

한때는 위선을, 가식을, '척'하는 것을 모두 경멸했다. 타인을 해치거나 이용하거나 타인의 마음을 갖고 놀거나 뒤통수를 때리는 등, 구체적인 나쁜 의도를 속에 품은 채 작정하고 착한 척 접근하는 위선들에 몇 번 크게 데고 나면, 누군가에게서 위선의 작은 기미만 보여도, 가식적인 미소 하나만 발견해도 마음을 재빨리 닫아걸고 바로 경계태세에 돌입하기 마련이다. 그런 기미를 나에게서 발견하면 깊은 자기혐오에 빠져 괴로워하는 건 말할 것도 없다. 위선보다는 솔직함이, 차라리 위악이 훨씬 나아 보였다. 그랬던 내가 위선도 다 같은 위선이 아니며, 때로는 가식이라는 게 필수 불가결하다는 결론에 이르게 된 건, 대체로 솔직하고 다소 위악적이었던 팀장 A와, 동료들 사이에서 가식의 표본으로 평가되던 팀장 B와 연달아 일을 한 경험에서 비롯됐다. 결론부터 말하면, 전자의 경우가 지옥이었다면 후자의 경우는 과장을 조금 보태 천국이었다(A의 밑에서 겪은 지옥 중 일부는 〈한 시절을 건너게 해준〉에 등장한다).

위선과 위악은 간단히 나눌 문제가 아니지만(일단 무엇이 선이고 무엇이 악인가를 철학적으로 따지고 들어가기 시작하면 끝이 없으니 사회적으로 어느 정도 합의된 선과 악의 개념을 차용해보면), 위선이 위악보다 나았던 이유는, '선을 위조한다는 것'은 적어도 위조해야 할 선이 무엇인지를 인지하기에 가능한 것이라 상대와 '선'에 대해 따로 합의할 필요 없이 엇비슷한 선상에서 대화할 수 있어서다. 그리고 위선을 부리는 사람은 대개 자신에 대한 타인의 평가를 아주 중요하게 여기기 때문에 웬만하면 타인의 말을 귀담아들으려 노력한다.

반면, 선이 무엇인지 모르거나, 설령 안다 한들 그것을 위조라도 하려는 노력이 전혀 없고(그렇다. 선을 위조하는 데에는 큰 노력이 필요하다), 아무런 포장 없이 자신의 마음 밑바닥을 그대로 드러내는 것을 솔직함의 미덕이라고 여기는 사람과는 일단 말부터가 통하지 않았다. 서로 윤리관이 전혀 달랐다. 그런 부류의 사람을 볼 때마다 가끔 나는 '위악'이라는 말이야말로 위선적으로 느껴지곤 했는데, 어떤 의도에서든 바깥으로 방출하는 행동이 '악'이라면 그건 그냥 '악'일 뿐인 것을, '위악'이라는 말 뒤로 숨는 것 같기 때문이다. 그들은 대체로 '나는 지금 위악을 부리고 있다 → 악을 흉내 내고 있는 것이다 → 그러니 난 악한 게 아니라 그냥 악해 보이는 걸 선택했을 뿐이다'라는 논리로 자신이 행하는 악에 면죄부를 깔고 들어간다. 그러나 어디까지가 진짜 자기 욕망이 가닿은 악이고, 어디까지가 위조한 악인지 본인은 딱딱 나눌 수 있을까? 아니 나눌 수 있으면 또 뭐하겠는가. 뭐가 됐든 결과가 악이면 악인 거지.

A의 필터 없는 솔직함과 위악에 넌덜머리가 났던 나는 B와는 제법 잘 지냈다. 나뿐만이 아니라 팀원 모두가 그랬다. B는 '나는 다른 팀장들과는 다르다!'라는 자부심이 굉장히 강한 사람으로, 특히 팀원들과 위아래 구분 없이 친구처럼 막역하고, 일보다는 늘 사람이 먼저인 인간적인 상사로 보이는 데에 무척 신경 썼다. 물론 결정적인 순간에 표정 관리를 미처 못 하거나, 은연중에 본심이 툭 나오는 바람에 우리는 그가 우리를 절대로 친구, 혹은 그 비슷한 존재로도 여기지 않고 철저히 위계에 따라 '아랫사람'으로 내려다본다는 것을, 우리의 입장을 최우선으로 고려하는 척하지만, 사실은 성과와 평판에 더 집착하는 사람이라는 것을 눈치채고 있었다. 더

구나 팀장이 다른 회사 사람에게 우리에 관해 부정적인 이야기를, 그런 모자란 우리를 이끌어가는 자신의 리더십을 과시하면서, 잔뜩 했다는 걸 전해 듣기까지 해서 모를래야 모를 수가 없었다.

하지만 우리는 아무것도 못 보고 아무 말도 못 들은 척 최선을 다해 그의 가식을 지켰다. 물론 다분히 전략적인 행동이었다. 그의 가식이 가져오는 결과들이 대체로 우리에게 이로운 것들이었기 때문이다. '피시'함을 잘 지키는 정중한 언행, 최대한 민주적인 태도, 팀원들의 말을 끝까지 들으려고 귀 기울이는 노력, 아끼지 않는 격려와 적절한 칭찬, 친절과 다정. 혹시라도 B가 이미 우리에게 속내를 들켰다는 걸 알고 가식의 가면을 벗어버리기라도 하면 사라질지 모르는 것들. B가 '좋은 리더인 척'을 멈추고 마음 가는 대로 행동하는 순간 펼쳐질지 모를 지옥(나는 이미 A를 겪었으므로 상상도 하고 싶지 않다). B의 가식을 지키기 위해 우리도 가식으로 대응한 셈이었다. 이런 사정을 모르는 다른 팀 사람들은 겉만 보고 우리 팀의 끈끈한 분위기를 무척 부러워했다. 누구보다 팀원들을 아끼고 친구처럼 지내는 열린 리더, 그런 리더를 굳게 믿고 따르는 팀원들. 참으로 아름다워 보일 관계였다.

그런데 이상하게 들릴지 모르지만, 그 아름다움이라는 것이 분명 거기에 존재했다. 우리 사이에 분명히 있었다. 어쨌든 팀장은 '여느 팀장들과는 다른 인간적인 나'인 척을 하기 위해, 다른 팀장이라면 덮어놓고 안 된다고 했을 일도 최선을 다해 열린 자세로 결국 되게 만들었고, 우리 역시 '그런 팀장을 무조건 믿고 좋아하는 팀원'으로서의 연기에 충실하게 큰 감사와 호의로 늘 화답했다. 그러니까 가식의 영역 안에서, 비록 속내를 허심탄회하게 나누고 속속들이 모든 걸 말하지는 않았지만, 서로에게 끝까지 좋은 사람이고자 하는 노력과 노력이 만나 빚어내는 존중과 다정이 존재했다. 나중에는 가식이 섞여들었다고 한들 B가 무려 3년 가까이 저런 태도를 꾸준히 유지하는 걸 보면 이제는 가식이 아니라 그냥 성품이라고 봐도 좋지 않을까 하는 생각마저 들 정도로 가식과 진실의 경계도 흐릿해졌다. 나 역시 어느 순간부터 그를 믿고 좋아했고 따랐다. 더는 연기할 필요 없이.

— • —

꼭 A의 경우가 아니더라도, 언젠가부터 소위 말하는 '솔직함'이라는 것들에 지쳤다. 솔직함은 멋진 미덕이고, 나 역시 각별히 사랑하는 사람들에게는 진실하려고 노력하며, 그런 사람들을 곁에 두곤 하지만, 솔직함을 무기 삼아 해서는 안 되는 말들을 여과 없이 쏟아내는 이들을 볼 때마다 일종의 환멸 같은 게 생기는 건 어쩔 수 없다. 이를테면 매해 4월 16일을 전후로 온오프에서 자주 보고 들었던 "세월호 이제 지겹다" 같은 말들. "요즘 같은 시대에 이런 이야기하기 조심스럽지만"으로 시작하는(조심스러우면 하지 마……) 어린이나 난민, 성소수자 같은 사회적 약자를 사회 바깥으로 더 밀어내고 배제하는 말들. '쿨하다'가 한 시대의 정신으로 각광받으면서 윤리적 노팬티 상태가 패션인 양 포장되며 쏟아지는 무례한 독설들. 그런 말들의 부적절함을 지적하면 어김없이 날아오는 위선적이고 가식적이라는 비난과 조롱들. 깨어 있는 사람인 척하는 가식이다, '맞말'하는 걸로 도덕적 우월성을 획득하려는 피시충이다, 약자를 위하는 척하지만 결국 약자를 이용해서 자기만족을 채우는 위선자들이다, 적어도 난 솔직하다…… 등등.

어떤 사람들은 '솔직한 나'를 너무나 사랑하고 '솔직한 나'에 대해 너무나 비대한 자의식을 갖고 있는 것 같다. 생각나는 대로 말하고 마음 가는 대로 행동하는 것만큼 쉬운 일도 없으니, 아무 노력 없이 손쉽게 딸 수 있는 타이틀이 '솔직한 나'여서 그런 것일까. 앞으로도 아무 노력도 안 하고 싶고 그냥 기분 내키는 대로 살고 싶은데 이걸 그럴듯하게 포장해줄 타이틀이 '솔직한 나' 밖에 없어서 그런 것일까. 말해주고 싶다. 당신의 솔직함, 정말 누구도 바라지 않고 별다른 가치도 없고 하나도 안 중요하니 세상에 유해함을 흩뿌리지 말고 그냥 마음에 넣어두라고.

정말이지 제발 가식과 위선이라도 떨어줬으면 좋겠다. 세월호 참사 같은 타인의 커다란 비극을 공감하지 못하겠으면 눈치껏 슬퍼하는 척이라도 했으면 좋겠고, 내 기분에 거슬리더라도 시대의 윤리적 흐름을 받아들이며 제발 깨어 있는 척이라도 했으면 좋겠고, 도덕적 우월성? 그걸 누가 획득하는 것이 그렇게나 분하면 본인도 획득하려고 노력했으면 좋겠다.

— • —

이런 이유들로 나는 언젠가부터 가식을 응원하게 되었다. 물론 그 가식에 타인에게 나쁜 짓을 하려는 악의적인 의도가 없는 한에서. 가식에는 지금보다 더 좋은 사람이 되어보고자 하는 분투가 담겨 있다. '좋은 사람'을 목표로 삼고 좋은 사람인 척 흉내 내며 좋은 사람에 이르고자 하지만 아직은 완전치 못해서 '가식의 상태'에 머물러 있는, 누군가의 부단한 노력의 과정. 그러니까 내 앞에서 저 사람이 떨고 있는 저 가식은, 아직은 도달하지 못한 저 사람의 미래인지도 모른다. 그래서 저 사람이 가진, 저기서 더 앞으로 뻗어나갈 수 있는 무한한 가능성을 누군가가 "넌 가식적이야"라는 말로 섣불리 가로막을까 봐 지레 초조할 때도 있다. 실제로, 특히 사회생활을 시작한 지 얼마 안 된 이들 중에 "내가 너무 가식적으로 느껴져서 자기혐오가 생긴다"라고 고민 상담을 해오는 경우가 많아서이다.

'가식적이다'라는 말에는 자기실현적인 면이 있어서 누가 그렇게 규정하는 순간부터 자신의 언행 하나하나가 가식적으로 느껴지기 시작한다. 그건 아마도 많은 사람이 사회생활을 할 때 사회적 자아-페르소나를 사용함으로써 말과 행동에 가식이라는 혐의를 가질 만한 부분이 일정 정도 섞이기 때문일 것이다. 이런 고민이 깊어지면, 나의 본모습 혹은 '나다움'이 무엇인지, 좋은 사람을 모방하고 연기하는 행위가 '나다움'을 해치는 것은 아닌지 혼란스러워지는데, 이런 때야말로 (드라마 배우들처럼) 본격 연기하는 톤으로 앙칼지게 외쳐야 할 때다. "나다운 게 뭔데?" 그러니까. 나다운 게 뭐길래. 보통 내 안 어딘가에 '진정한 나다움'이라는 것이 존재하고 나는 그 '나다움'을 발견하고 찾아내야 하는 것처럼 여겨지지만, '나다움'의 상당 부분은 만들어가는 것이라고 생각한다. 타고난 나, 만들어진 나, 만들어져가고 있는 나, 모두 다 나이다. '본캐'도 '부캐'도 다 나.

혹시 나 자신이 너무 가식적으로 느껴져서 견디기 힘든 날이 있는가? 누군가 나에게 가식적이라고 비난해서 모멸감을 느낀 날이 있는가? 괜찮다. 정말 괜찮다. 아직은 내가 부족해서 눈 밝은 내 자아에게 그리고 타인에게 내 '가식의 상태'를 들키고 말았지만, 나는 지금 가식의 상태를 통과하며 선한 곳을 향해 잘 걸어가고 있는 중이다. 노력하지 않는 사람보다 최선을 다해 가식을 부리는 사람이 그곳에 닿을 확률이 훨씬 높을 것이다. '척'한다는 것에는 어쩔 수 없이 떳떳하지 못하고 다소 찜찜한 구석도 있지만, 그런 척들이 척척 모여 결국 원하는 대로의 내가 되는 게 아닐까. 그런 점에서 가식은 가장 속된 방식으로 품어보는 선한 꿈인 것 같다.

요즘 나는 매사에 대범한 사람이 되고 싶어서 내 주변에서 제일 대범하고 보살 같은 친구 MJ를 한창 흉내

내는 중이다. 어느 정도냐면, 얼마 전에 나를 누구보다 잘 아는 T가 "너 요즘 모든 중요한 결정을 MJ에 빙의해서 하는 것 같은데?"라고 콕 집어 말했을 정도다. 눈치 빠른 녀석. 하지만 T가 눈치챘거나 말거나 그게 가식이거나 말거나 한번 시작한 이상 앞으로도 대범한 척, 마음 넓은 척하는 가식을 부리는 데에 최선을 다해볼 생각이다. 가식의 단계에 얼마나 오래 머무르게 될지 모르겠지만, 그 단계를 넘어 진짜 대범한 사람이 될 수 있을지 모르겠지만, 뜻하지 않은 '위선 권장 영화'들에서도 문제는 늘 위선을 벗었을 때 생기지 않는가. 영원한 위선은 결국 선으로 남을 테니까, 이 위선과 가식이 헐거워져서 쉽게 벗겨지지 않도록, 위선과 가식으로 아주 똘똘 뭉쳐 살고 싶다.

○

나만을 믿을 수는
없어서

'꼰대질 사절!'이라는 분명한 메시지를 온몸으로 내뿜고 다니던 시절이 있다. 말로도 내비치고, 글로도 쓰고, 미간 주름 생성과 볼 근육 경직을 이용해 얼굴에도 매달고 다녔다. 결과는?

나의 희망 사항과 완벽하게 거꾸로였다. 내가 질색하는 종류의 꼰대질은 양이 전혀 줄지 않았다, 전혀! 진짜 꼰대들은 내가 그런 메시지를 송출하고 있는 것조차 눈치채지 못해 여전했고, 눈치챈들 자기가 하는 행동, 그게 바로 꼰대질인 줄을 몰라 또 여전했다. '혹시 이건 꼰대질 아닐까'라고 자기 검열할 줄 아는 사람들만 내 앞에서 조심했는데, 바로 여기서 커다란 딜레마가 생겼다. 그렇게 조심하는 사람일수록 내가 귀담아들을 만한 충고나 조언을 해줄 확률이 높았기 때문이다. 적어도 고민조차 안 하는 사람보다 몇 배는 더. 그러니까 '꼰대질 사절' 메시지가 결과적으로 순도 100퍼센트 고농축 꼰대질만 깔끔하게 남겨놓고 정작 듣고 싶은 이야기들은 걸러버리는 바람에, 애초에 근절하고자 했던 꼰대질'만' 계속 듣는 상황이 되어버린 것이다. 작전은 대실패였다.

몇몇 친구는 그게 왜 딜레마냐며, 꼰대질은 막지 못했지만, 충고나 조언이 걸러진 것만도 한결 상황이 나아진 게 아니냐고 반문했다. 예전에 모 예능 프로그램에서 한 초등학생이 잔소리와 조언의 차이를 묻는 사회자에게 명쾌한 답을 내린 적이 있다. "잔소리는 왠지 모르게 기분 나쁜데, 충고는 더 기분 나빠요" 이 장면은 캡처본으로 온갖 인터넷 게시판과 SNS를 떠돌며 큰 공감을 샀고, 충고에 관한 많은 의견이 쏟아졌다. 충고는 하지 않으면 않을수록 좋다, 누가 주제넘게 남의 인생을 두고 충고를 한단 말인가, 내 문제를 가장 잘 아는 건 나이고 충고가 유용했던 적은 거의 없다, 하는 쪽으로 의견이 모이는 분위기였다. 이처럼 사람들은 충고에 지쳐 있었다. "이게 다 너를 위해서 하는 말인데" "내가 해봐서 아

는데"로 시작하는, '충고'의 외피를 빌렸지만 결국 꼰대
질인 말에도 지쳐 있었고, 진심이 담겼더라도 따뜻한 위
로가 필요한 시점에 다소 냉정한 얼굴로 나타나는 충고
의 말에도 지쳐 있었다. 내가 "꼰대질 사절!"이라고 외
치고 다녔던 것도 그런 말에 지쳐서였던 것 같다.

  하지만 일명 '꼰대질-사절-작전'이 대실패하는 시
간을 겪은 이후로는 그런 반응들을 볼 때면 부러움과 부
끄러움이 동시에 밀려왔다. "충고 따위 필요 없어, 아임
고잉 온 마이웨이!" 유형의 사람들에게 품게 되는 동경
심에 가까운 부러움과 별개로 나는 그럴 만한 배포와 강
한 자기 확신이 부족하다는 걸 깨달은 탓이다. 고백하
자면 (앞에서 친구들이 반문했듯 '꼰대질은 여전하지만 충고
나 조언은 차단된 상황'을 '딜레마'라고 느끼는 것에서부터 이
미 드러나 있지만) 나는 나에게 타인의 충고나 조언, 쓴소
리들이 꼭 필요하다고 느낀다. 들어두면 도움이 될지 모
를 빛나는 충고들이 꼰대질과 한데 묶여 버려지는 것이
못내 아쉽다. '충고는 하지도 듣지도 말자'가 대세가 되
어가는 분위기를 마주할 때마다 작전 실패의 경험이 떠
오르며 조바심 나기도 한다. 그때처럼 결국 분위기 파악
못 하는, 할 생각도 없는 진성 꼰대들만 남고, 말 한마디
에 신중하고 지각 있는 사람들의 충고는 점점 듣기 어려

워지면 어쩌지?

　게다가 50대를 목전에 둔 친구들의 말을 들어보면 40대 이후부터는 한 해 한 해 나이 먹을 때마다 충고해주는 사람이 빠른 속도로 줄어간다고 한다. 이제 막 40대에 접어든 나도 벌써 2, 30대 시절과는 달라진 걸 체감한다. 쓴소리들이 확실히 줄었다(그에 비해 꼰대질은 줄지 않았다는 점이 새삼 놀라운데, 지구가 멸망해도 두 가지가 살아남는다면 바퀴벌레와 꼰대질이 아닐까 싶다. 바퀴벌레들이 꼰대질을 하겠지). 내 의지와 상관없이 세월이 흐르고 나이를 먹으면서 아직 연령주의에서 벗어나지 못한 한국의 사회구조 안에서 내가 서 있는 자리의 좌표도 어느새 변해버렸기 때문이다. 중간 관리자이면서 완연한 기성세대인 나를 어려워하는 사람이 늘었고, 충고에 따라 무언가를 바꿀 수 있는 가변성의 측면에서도 40대는 2, 30대와 비교해 촉망받을 만한 구석이 많지 않아 보이기에("저 나이 때까지 저러는 사람은 이미 글렀어!") 충고는 더 줄어든다.

　물론 주변에는 그 누구의 충고도 필요 없이, 자기 소신껏, 길을 잃지 않고 (혹은 길을 잃더라도) 원하는 방향으로 삶을 잘 끌고 나가는 주체적이고 현명한 사람들도 많다. 반면에 기분을 거스르는 말("충고는 더 기분 나쁘다"

는 초등학생의 통찰을 상기해보자)에 귀를 꽉 막은 채, 듣고 싶은 말만 듣고, 그런 말을 해주는 사람으로만 곁을 채우며 살다 견고해진 아집과 함께 훌쩍 꼰대가 되어버린 사람들 또한 있다. 나도 당연히 전자 같은 사람이 되고 싶다(왜 아니겠는가!). 하지만 내 그릇의 크기는 내가 잘 안다. 충고나 조언을 멀리했을 때 나는 전자보다는 후자가 될 가능성이 훨씬 농후한 사람이다. 그래서 마음 놓고 귀를 막을 수 없다.

여기서 고민은 한 걸음 더 나아간다. 언젠가부터 꼰대질이 될까 봐, 더 솔직히 말하면, 꼰대로 여겨지기 싫어서, 누군가 충고나 조언을 청해도 의식적으로 피하며 산 지 꽤 되었는데 (네 번 청하면 응하는 것으로 나름의 기준을 세웠다) 그렇다고 내가 꼰대가 아닌 걸까? '타인에게 충고하는 행위'가 꼰대의 대표적인 특징으로 워낙 많이 꼽히다 보니, 충고하지 않는 것만으로 '나 꼰대 아님' 인증서를 손쉽게 획득하려는 마음이 기저에 있는 건 아니고? 마치 충고만이 꼰대의 전부인 것처럼. 사실 꼰대의 특징 중에는 '타인의 충고를 받아들이지 못하고 자신의 생각과 경험, 지식만이 대체로 옳다고 여기는 상태' 또한 분명히 있다. 그리고 나는 이 특징이 극복하기 더 어렵다고 느낀다. 남에게 충고를 하지 않음으로써 자신이 꼰대가 아니라고 믿지만, 남의 충고를 듣지 않음으로써 자신이 꼰대가 되어가는 걸 모르고 사는 것. 이게 가장 두렵다.

꼭 타인의 목소리가 아니더라도 책에서, 경험에서, 사고실험에서 적당한 충고를 얻을 수도 있다. 하지만 이 점에서도 나는 나를 그리 믿지 못한다. 나의 뇌는 게으르고 보수적이며 다분히 확증 편향적이다. 의식을 벼려 노력하지 않는 한, 어쩌면 노력을 해도 평소 생각해오던 방식, 익숙해서 편안한 방식대로 정보를 처리하고 받아들일 가능성이 높다. 제아무리 신선한 개념을 담은 책이라도 나라는 낡은 필터를 거치면서 유실되는 의미들이 있을 것이다. 책을 읽으면서 무의식적인 의도가 반영된 시선으로 나에게 유리한 근거들을 모으고, 내 입맛에 맞게 해석하고, 보고 싶은 것만 볼지도 모를 일이다.

내가 책을 어디까지 자기중심적이고 감정 과잉적으로 읽을 수 있는지를 보여주는 극단적인 예가 있는데, 한창 되는 일도 없고 하는 일마다 망해서 나 자신이 너무나 하찮고 쓸모없게 느껴져 괴롭던 시절, 소설도 아니고 에세이도 아닌 맞춤법 책을 읽다가 운 적이 있다. '쓸모 있다'는 띄어 쓰고 '쓸모없다'는 붙여 써야 문법에 맞으며, 그건 '쓸모없다'는 표현이 '쓸모 있다'는 표현보다 훨씬 더 많이 사용되기에 표제어로 등재되어 그렇다는 내용 때문이었다. 그래, 세상에는 '쓸모없다'를 쓸 일이 더 많은 거야! 쓸모없는 것들이 더 많은 게 정상인 거야! 나만 쓸모없는 게 아니야! 내가 그 많은 쓸모없는 것 중 하나인 건 어쩌면 당연한 거라고, 그러니 괜찮다고 멋대로 위로받고는 눈물을 쏟은 것이다.

사람이 무언가에 절실해지면 심지어 맞춤법 책에서까지 위로와 자기합리화의 소스를 기어이 찾아낸다는 교훈을 남긴 이 일화와 정도만 다를 뿐, 소소하게라도 독서라는 행위 안에서 책과 내가 주고받는 상호작용에는 이런 식의 자기 편향성이 끼어들게 마련이다. 이것이 바로 독서가 재미도 있고 의미도 있는 이유겠지만, 독서량이 결코 지성의 척도가 될 수 없는 이유이기도 할 것이다(소문난 다독가 중에도 왜곡되고 편협한 시선을 지닌 사람이 얼마나 많은지를 생각하면 이를 일컫는 단어도 표준어로 등재되어야 한다. '쓸책없다' 정도?).

직접 경험도 마찬가지다. 나는 '경험에서 배운다'는 말을 반 정도만 믿는다. 충고의 무용성을 주장하는 말 중 '본인이 직접 경험하는 것 이상의 답은 없다'라는 말 역시 반 정도만 믿는다. 반은 믿지 않는다. 경험을 받아들이고 응용하고 쌓아가는 데에는 여전히 확증 편향적으로 '믿을 수 없는 나'가 개입한다. 비슷한 상황을 먼저 겪어본 타인의 충고는, 나와는 다른 그 사람만의 경험담일 뿐이지만, 그 '다름'이 내가 미처 고민해보지 못한 다른 가능성들에 눈을 돌리게도 한다. "내가 괜히 건넨 충고가 네 경험을 제한할까 봐" "네가 선택한 경험에서 배우는 게 진짜야"라며 말을 조심하는 이들에게 충고를 부탁할 때 내가 자주 하는 말은 "하지만 사람은 여러 충고 사이에서 최종 선택을 하기까지 고민에 고민을 거듭하는 과정에서도 많이 배워요."

충고를 그대로 따르지 않더라도 고민의 선택지를 늘려주는 타인의 앞선 경험들은 적어도 내게는 크고 작은 도움이 된다. 하다못해 청소기 하나를 사는 데에도 다양한 후기들을 찾아 읽는다. 인생의 크고 작은 결정 앞에서라면 더더욱 다양한 후기를 듣고 싶은 마음이다. 오직 청소기의 흡입력과 무게에만 꽂혀 있다가 누군가의 후기를 읽고서야 비로소 손이 안 닿는 가구 밑까지 완벽히 청소하는 기능에 생각이 미쳤고, 심지어 그게 내가 가장 원하는 기능이라는 걸 뒤늦게 깨달았던 것처럼.

'자기 인생에 대해 가장 많이 걱정하고 고민하는 건 언제나 자신이다. 거기에 대고 타인이 할 수 있는 말은 없다'는 말도 나처럼 시야가 좁은 사람에게는 적용되지 못한다. 내가 인생의 여러 방향 중 남동쪽만 볼 수 있는 사람이라면, 남동쪽만 바라보며 천 번 걱정하고 만 번 고민한들, 죽어도 북서쪽은 바라볼 수 없는 것이다. 나에 대해 잘 알지 못하고 쉽게 던지는 말이더라도 그중에 북서쪽을 상기시키는 말이 끼어 있던 경우를 생각하면, 충고 듣기를 포기할 수가 없다. 청하지 않은 충고도 마찬가지다. 나만의 세계에 갇혀 지금이 충고가 필요한 순간인지도 모르고 지나갈 때, 청하지도 않았는데 날아든 충고가 아집의 한쪽 끝을 깨부수기도 한다. 물론 어떤 충고들은 무척 기분이 나쁘다. 하지만 기분 나쁘게라도 북서쪽도 바라볼 수 있다면 기분 좋게 남동쪽만 계속 바라보고 사는 것보다 나은 것 같다.

그리하여 결국 나는 '꼰대질 사절!'을 철회하는 동시에 '꼰대질 환영!'으로 간판을 바꿔 걸었다. 어차피 '사절'이든 '환영'이든 순종 꼰대질의 양은 달라지지 않을 테니, 그러니까 꼰대질이란 선언적으로 필터링할 수 있는 성질의 것이 아니니 포기하고, 꼰대질이 될까 봐 충고를 아끼고 머뭇대는 사람들의 목소리를 듣기 위해 마음의 문호를 활짝 개방한 것이다. 그렇게 환영 메시지를 1년쯤 말로도 내비치고, 글로도 쓰고, 입꼬리 상승 각도와 볼 근육 이완을 이용해 얼굴에도 매달고 다녔더니 그제야 입이 무겁고 신중한 사람들의 충고까지 다시 귀에 닿기 시작했다. 1년 사이에 확연히 달라진 충고의 양과 다양성을 보면서, 이걸 계속 차단하며 살 뻔했다는 것에 새삼스러운 아찔함과 동시에 꼰대의 위력을 다시 한번 느꼈다. 꼰대란 정말 무섭구나. 지칠 줄 모르는 꼰대질로 사람들을 지치게 만든다 → 지친 사람들이 귀를 막아 버린다 → 양질의 충고들까지 차단된다 → 자기 안에 갇힌다, 이 네 단계를 거치며 2세대 꼰대들을 양산하기 딱 좋은 포맷인 것이다.

남에게 충고를 안 함으로써 자신이 꼰대가 아니라고 믿지만, 남의 충고를 듣지 않음으로써 자신이 꼰대가 되어가는 걸 모르고 사는 것. 나는 이게 반복해서 말해도 부족할 만큼 두렵다. 내가 보고 싶은 것, 듣고 싶은 것, 입맛에 맞는 것들로만 만들어낸, 투명해서 갇힌 줄도 모르는 유리 상자 안에 갇혀 있을 때, 누군가 이제 거기서 잠깐 나와 보라고, 여기가 바로 출구라고 문을 두드려주길 바란다. 때로는 거센 두드림이 유리 벽에 균열을 내길 바란다. 내가 무조건적인 지지와 격려와 위로로 만들어진 평온하고 따뜻한 방 안에서 지나치게 오래 쉬고 있을 때, 누군가 '환기 타임!'을 외치며 창문을 열고 매섭고 차가운 바깥 공기를 흘려 보내주기를 바란다.

◦

때로는 거센 돌풍이 방 전체를 흔들어대길 바란다. 누군가 없이 내가 먼저 알아서 그렇게 할 수 있다면 참 좋겠지만, 나만을 믿을 수는 없어서. 나만을 믿고 살 수는 없어서.

○

조상 혐오를
멈춰주세요

더위가 길어지면서 추석 즈음에도 여름의 잔상이 곳곳에 남아, 명절이 다가오는 게 실감 나지 않을 때가 많다. 그나마 곧 추석 연휴가 시작된다는 사실을 상기시켜주는 건 주고받는 업무 메일들이다. 어느 순간부터 추석 잘 보내라는 인사들이 마지막 인사로 덧붙는 것이다.

몇몇 메일에는 심상한 인사 앞뒤로 의미심장한 말이 따라붙었는데, 그 말은 또 다른 사실을 새삼 상기시켜주었다. 이를테면 모 잡지 편집자는 "어떤 명절을 보내시는지 몰라 조심스럽지만, 아무튼 조금이라도 더 쉬실 수 있길 기원해봅니다"라고 썼고, 프로젝트를 함께 진행하는 모 회사 디렉터는 "즐거운 추석이 되셔야 할 텐데 혹시 그러시지 못할까 봐 걱정되지만, 그럼에도 짬짬이 좋은 시간 보내시기를 바랍니다"라고 썼다. 나 또한 그들에게 "저 역시 어떤 명절을 보내실지 가늠이 되지 않아 조심스럽지만, 부디 가부장제의 자장이 최대한 덜 미치는 곳에서 즐겁게 보내실 수 있기를 바랍니다"라고 답했다. 명절을 앞두고 여자끼리, 특히 서로가 기혼이라는 걸 아는 여자끼리 주고받는 명절 인사는 이리도 조심스럽고 걱정이 앞선다. 마냥 즐거운 명절이 되리라 전제하기 참 어렵다.

　여성들의 '조심스럽고 걱정스러운 명절'은 단순히 여성에게 부과되는 명절 가사 노동량 때문만이 아니다. 직접 겪든, 간접적으로 건너 듣든, 가부장제라는 질긴 악습의 잔재를 집중적으로 마주해야 하는 기간이기 때문이다. 오랫동안 철저히 남자들 중심으로 돌아간 이 이벤트에서 여성은 불평등에 굴복하거나, 어느 선까지 타협하거나, 맞서 싸우며 거부하느라 저마다의 고통을 받아야 한다. 그 중심에는 제사가 있다. 국어사전에서 '제사'를 찾아보면 "신령이나 죽은 사람의 넋에게 음식을 바치어 정성을 나타냄. 또는 그런 의식"이라고 나온다. 빨간펜을 들어 이렇게 고쳐 써넣고 싶다. "(남자네 집안)

신령이나 죽은 사람의 넋에게 (피 한 방울 섞이지 않은 남의 집 여자들이 동원되어 고생해서 만든) 음식을 (해봐야 전 부치는 걸 거드는 게 전부인 남자들이) 바치어 정성을 나타내는 (남녀차별 집약적) 의식."

여자를 증오하는 누군가가 여자를 지배하고 괴롭히기 위해 면밀하게 고안해낸 장치가 아닐까 싶을 정도로 현대의 제사란 성차별을 똘똘 뭉쳐놓은 응집체이다. 제사 준비를 주로 누가 어떻게 하는지는 굳이 쓰지 않겠다. 모르는 사람 없겠지. 2021년에도 여전히 들려오는 '어머니가 손을 놓은 이후로 집안 제사가 사라졌다'는 이야기와 집안에 며느리가 들어오자 없던 제사가 생기고 이혼으로 며느리가 사라지자 있던 제사가 없어지는 '며느리 매직!' 같은 사연에서 쉽게 확인할 수 있을 테니까.

그래도 요즘은 남자들이 많이 '돕는다'고들 하는데, 대개는 전 부쳐내는 정도이고, 설령 아주 드물게 전체 준비의 50퍼센트 이상 기여한다고 해봐야, 아니, 본인 집안일이고 본인 조상 제사니까 애초에 남자끼리 100퍼센트 다 해야 마땅한 걸 갖고 '돕는다' '같이 한다' 자랑스레 말하는 건 너무 염치없는 게 아닌가 싶다. 남자들이 100퍼센트 다 준비한 자리에 여자들이 동행만 해

쥐도 고마워해야 할 일 아닌가. 그렇게 준비한 제사를 지내는 중에 여자들이 흔히 겪는 일을 생각하면 더욱 그렇다. 여자들이 부엌과 거실을 분주히 오가며 정성껏 차린 제사상 앞에서 제의를 드리는 건 남자들이고(여자들은 뒤로 물러나 있거나 부엌에 있다), 여자들이 아침상까지 차렸다가 물리고 치우는 내내 상석에 앉아 밥 먹고 약주를 들고 담소하며 놀 뿐 아무것도, 정말 아무것도 하지 않는 시가 남자 어른들 이야기(그들보다 연로한 누님이 바로 옆에서 걸레질하는데도!)는 명절마다 기름 전 내처럼 반복된다.

일이 고되든 수월하든, 잠깐이든 오래든 상관없다. 남자네 집안 행사에 불려가 그 집안 조상을 모시고 그 집안 친척들끼리 모여 친목과 우애를 다지는 현장의 어두운 그림자 속에서 앞 세대 동 세대 여성들이 수발 상궁처럼 노동하는 풍경을 보는 것만으로도, 가부장제 안에서 '남자보다 낮은 지위에 놓인 여자'를 적나라하게 확인하는 것만으로도 초현실적으로 피곤하고 모멸적으로 괴롭다. 그러니 여성이 남자네 제사에 참석해주는 건 고마워해야 할 일이지 절대 당연한 일이 아니다. 결코 당연하지 않다. 구시대의 성차별적인 행사를 '전통이니까' '가풍이니까' '원래 그렇게 해왔으니까'라는 이유로

○

(정말 저런 가짜 당위 말고 다른 논리적인 이유를 대는 사람을 단 한 명도 못 봤다) 21세기에 따라야 할 의무 같은 건 없는 것이다. 당연한 듯 나를 차별적인 상황으로 밀어 넣는 이들이 나를 한 인간으로 동등하게 여기고 가족의 일원으로 사랑할 리 없다.

또 하나 견디기 힘든 건 명절을 통해 가부장제의 악습이 어린이들에게 고스란히 학습된다는 점이다. 일곱 살인 여자 조카가, 제 오빠는 신나게 뛰어놀고 있을 때, 여자 어른들을 따라 다소곳하게 상 위에 젓가락을 놓고 키친타월로 바닥 훔치는 시늉을 하는 걸 보고 가슴이 철렁했다. 어른들이 "우리 ㅇㅇ이, 다 컸네! 아이고 잘한다" "역시 여자애들이 이쁜 짓을 잘해" 하는 말로 조카를 칭찬할 때는 빠른 속도로 튀어가 아이의 귀를 틀어막고 싶었다. 칭찬에 신이 나 활짝 웃는 저 아이가 명절마다 여자 어른들이 하는 일을 보면서 그게 '여자의 일'이라고 배우면 어쩌지? '여자의 일'을 '여자답게' 수행할 때마다 어른들에게 칭찬받는 기쁨을 내면화해 자신이 그것들을 진짜로 좋아한다고 착각하면 어쩌지? 당장 말해주고 싶었다. 저런 말 듣지 마. 부엌일 거들고 상 차리고 걸레질한다고 예쁘고 착한 거 절대 아니야. 어디 가서 쉽게 부엌일 거들지 마. 하지만 제 엄마도 가만히 있는 상황

81

●

에서 차마 나설 수 없어 말하지 못했다.

가부장제가 흩뿌리는 유해한 메시지들은 이렇게 명절을 통해 강화된다. 교육의 장으로서도 최악이다. 어린이들에게 절할 자격은 남자에게만 있고 일할 의무는 여자에게만 있는 이 상황을 어떻게 설명하지? 남자들은 편히 놀고 여자들은 뒤치다꺼리하는 모습은? 나에게 만약 아이가 있다면 지금과 똑같은 방식의 제사를 지내는 집에는 절대 발 들이지 못하게 하고 싶을 지경이다. (그들이 그런 일에 나설 리도 없지만) 정부가 '제사효율화오개년계획'이나 '제사혁신TF팀'을 만들어 앞으로 5년간 제사의 모든 것을 남자들만 준비해야 한다는 법을 만들면 어떻게 될까. 여자네 집안 제사 음식까지 남자가 다 준비해야 하는 강력한 규정으로. 그러면 3년도 못 가 어지간한 제사는 다 사라질 것이다.

제사를 없애자는 이야기에 반박 아닌 반박으로 등장하는 말들이 있다. 자주 등장하는 의견은 누구의 희생도 강요도 없이 정말 하고 싶은 사람들끼리'만' 모여 제사를 준비하고 지낸다면 굳이 없앨 필요 없지 않겠냐는 것. 동의한다. 예를 갖춰 망자를 기리는 의식 자체는 존중할 만한 것이기에 그렇게만 된다면 누가 뭐라고 하겠는가. 나 역시 진심으로 제사 지내드리고 싶은 망자가 있다.

　이보다 더 자주 등장하는 의견은, 싫은 것과는 별개로 제사를 제대로 지내지 않아 조상을 화나게 할까 봐 두렵다는 것. '정성껏 제사를 드리면 조상에게 복을 받는다'는 맥락의 반대급부로 나왔을 '조상 잘 못 모시면 벌을 받는다' '제사 안 지내면 자손이 화를 입는다' 같은 공포 기제가 심어진 말은 의외로 힘이 셌다. 이 말을 전적으로 믿지는 않더라도 막상 안 지내자니 또 찜찜해서 제사에 불참하지 못하는 내 또래 세대도 꽤 있고, 평생 제사 준비하는 게 지긋지긋하다고 한탄하면서도 그런 이유로 제사를 차마 없애지 못하는 윗세대는 정말 많았다.

　아닌 게 아니라 이런 유의 이야기는 잊을 만하면 어디선가 어김없이 들려왔다. 제사를 절에 모시기 시작한 해부터 집안의 누가 중병에 걸리고 누가 갑자기 쓰러지고 누가 사고로 다치는 등 줄줄이 재앙이라더라, 추석 때 해외여행 간다고 처음으로 제사를 거른 아무개가 그해 갑자기 구설에 휘말려 회사에서 쫓겨났다더라 같은 현대판 구전 민담들. 직장 동료의 아버지는 정성이 부족하면 자손들이 벌 받는다며 제사 음식을 절대로 사다 쓰지 않고 손수 만들기를 고집한다고 했고(물론 손수 만드는 것은 아버지가 아니라 어머니다), 제사를 걸렀더니 증조

부나 외조모가 배고프다며 화를 내는 꿈을 꾸었다는 사람은 스무 명도 넘게 본 것 같다.

아니 근데 무슨 이야기들이 이렇게 죄다 '특정 집단'에만 유리하게 선별적으로 짜였는지. 옥이야 금이야 손에 물 한 방울 안 묻히고 고생해서 잘 키워낸 손녀를 명절마다 데려다 부려먹는 남자네 집안에 벌을 내리는 조상신 이야기는 왜 없는 걸까? 이야말로 한 집안을 쓸어내버리고 싶을 만한 일일 텐데. 남자네 집 제사 지내느라 내 제사에는 몇 년째 오지 않는 증손녀 부부에게 분노해서 그 집안에 저주를 내리는 조상신 이야기는 들어본 적 있나? 무엇보다 후손에게 복과 재앙을 골라서 내릴 수 있는 막강한 힘을 지녔으면서 밥 한 끼를 알아서 먹지 못해 배고프다고 꿈에까지 찾아오다니 정말 독특한 영혼이 아닐 수 없다.

이런 민담 아닌 괴담을 들을 때마다 묻고 싶어진다. '당신은 당신의 생일에 가족이나 친구들이 정성껏 음식을 대접하지 않거나 바빠서 축하를 잊고 지나가면 서운함을 넘어 이글이글 분노가 끓어올라 그들이 중병에 걸리거나 크게 다쳤으면 좋겠다는 마음이 들어요? 망하라고 저주하고 구체적으로 복수를 계획하고 그래요?' 대부분 아닐 것이다(문명사회 인간의 상식을 믿고 싶다). 근데

○

자신은 그런 사람이 아니면서 왜 조상들은 그런 영혼일 거라 믿어요? 이런 의문 또한 있다. 사람들이 당신에 대해 '저 사람은 기념일 챙겨주지 않으면 앙심을 품고 우리를 두고두고 괴롭힐 사람이야'라고 생각하면 기분이 어때요? 당장 '나를 대체 뭐로 보고!' 하는 말이 나오지 않나요? 기분 나쁘지 않겠어요? 자신은 그런 취급받으면 기분 나쁠 거면서 조상들에겐 대체 왜 그래요?

정말이지 조상들에게 너무 무례한 것 같다. 자기들은 스스로를 상식적이고 이해심 있는 인간형으로 상정하면서, 애먼 조상들은 자손의 피곤한 일상이나 사정 따위 헤아릴 줄 모르고 그저 밥만 찾고 인사받기만 바라는 소시오패스로 만들어버리니 말이다. 어떤 삶을 살아오고 어떤 인품을 지녔는지와 상관없이 죽어서 조상이 되는 순간 애정 결핍에, 밥 집착증에, 속 좁고 개념 없는 악귀나 괴력난신 취급을 받아야 한다니. 이거 어디 억울하고 무서워서 마음 편히 죽을 수나 있겠나. 내가 조상이라면 밥을 못 얻어먹는 것보다, 그깟 밥 좀 안 차려준다고 후손의 삶을 망가뜨리고 저주를 내릴 평균 이하 인격체로 취급당하는 것이 더 화가 나 제사상을 엎어버리고 싶을 것 같은데 말이다.

저런 마음으로 드리는 제사야말로 매우 정성스럽

게 조상을 모욕하는 행위 아닐까. '제사 지내면 복을 주고 안 지내면 벌을 준다'니, 한국의 조상을 대체 어디까지 지질하고 졸렬하게 만들 셈이며, 대체 언제까지 '밥에 환장한' 이미지로 소비할 것인가. 저승 세계 다른 나라 조상들 앞에서 한국 조상들의 체면은 뭐가 되는가. 특히 생전의 습관이 저승까지 따라와 후손들이 재채기만 해도 "bless you"가 반사적으로 튀어나오는 문화권 조상들 옆에서 말이다. 때마다 저런 식으로 후손(특히 여자들)을 괴롭히며 제사를 받는 것만으로도 한국 조상 이미지는 이미 최악일 텐데(실제로 한국의 제사가 어떻게 이루어지고 있는지를 들은 외국인은 문화권을 가릴 것 없이 대부분 경악한다).

우리는 이러한 조상 비하와 조상 혐오를 멈춰야 한다. 그동안 제사를 지냄으로써 도리어 조상에게 자존심 손상과 명예훼손의 피해를 입혔다면, 이제라도 제사를 지내지 않음으로써 조상에게 깊은 신뢰를 표현해보면 어떨까. 우리의 조상님들이 제사 따위에 연연하지 않고 언제나 넓은 마음으로 후손의 번영을 바란다는 것을, 먹고사느라 지친 후손들이 침대에 몸을 누인 채 명절 내내 푹 쉬거나 훌쩍 여행을 떠나 재충전하기 바라 마지않는다고 믿는 것이다. 조상들이 후손에게 이런 '조건 없는' 은덕을 펼쳐 보일 기회를 오히려 그동안 제사가 박탈한 게 아닐까. 이제부터라도 늦지 않았다. 조상의 품격을 조건 없이 믿는 것으로 그들에게 예를 갖출 필요가 있다.

올해도 제사에 불참하는 것으로 조상에게 예를 다하고 나니 문득 연휴 직전 조심스럽고 걱정스러운 명절 인사를 주고받았던 이들의 안부가 궁금해졌다. 그들에게 답신으로 쓴 "가부장제의 자장이 최대한 덜 미치는 곳에서 즐겁게 보내실 수 있기를 바랍니다"라는 문장이 마음에 들지 않는다. 성에 차지 않는다. 가부장제의 자장이 감히 닿을 수도 없는 곳에서 모두가 공평한 즐거움을 누릴 수 있기를, 여자들의 명절 인사가 좀더 단순해지고 명절이 마냥 즐거울 수 있기를, 보름달에 간절히 비는 것 말고도 우리가 함께해나갈 수 있는 일들이 있을 것이다.

납량특집,
나의 귀신 연대기

검정 막대 선으로 등장인물들의 눈을 가린 영화 〈기생충〉 포스터를 본 뒤 며칠 강한 기시감에 시달렸다. 비슷한 이미지를 어디서 봤는데…… 뭐였지. 분명히 봤는데. 오싹한 분위기가 감도는 어딘가에서. 옷 속에 깊숙이 들어가버린 허리 고무줄 끈의 끝부분을 옷감 위에서 가까스로 잡아 낑낑대며 구멍 밖으로 빼내는 것처럼, 기억 속 이미지를 끄집어내려고 안간힘을 쓰던 어느 날 침대 위에 누워 잠을 청하는데 지렁이가 기어 나오듯 스르륵 고무줄 끈이 바깥으로 나오며 선명한 이미지가 떠올랐다. 잔뜩 겁에 질려 동공과 입이 크게 벌어져 있는 아이,

그 아이가 떨어뜨린 책, 그 뒤에 배경처럼 퍼렇게 서 있는 귀신들. 막대 선은 그 귀신들 눈 위에 하나씩 달려 있었다. 초등학교 2학년이었던 나를 공포로 옴짝달싹 못하게 했던 책, 바로 《오싹오싹 공포체험》의 표지 그림이다.

출판사 '대교문화'에서 나오는 책들을 무척 좋아했다. 그중에서도 《오싹오싹 공포체험》은 《내일 신문 대특종》과 함께 지금까지 생생하게 기억하는 책이다. 몇 년 후 '한뜻' 출판사에서 모든 등장인물, 아니 등장 귀신들이 한뜻으로 독자를 어지간히도 괴롭히는 《공포특급》이라는 베스트셀러가 나왔고, 많은 이가 그 시절 대표적인 괴담집으로 대개 이 책을 꼽지만, 그때는 이미 오컬트적 공포에 어느 정도 면역이 되었을 시기여서 그랬는지 《오싹오싹 공포체험》만큼 무섭지는 않았다. 책의 몇몇 장면은 이야기의 맥락에서 떨어져 나와 그 이미지만으로 어떤 트라우마가 되었을 정도였다(최준식 화백의 으스스한 삽화가 한몫했다).

내가 한동안 귀신을 얼마나 무서워했냐면, 10대가 채 되지 않은 아이들끼리 흔히 주고받는 실없거나 엉뚱한 문답들, 이를테면 "엄마가 좋아, 아빠가 좋아?" "디플로도쿠스 키울래, 트리케라톱스 키울래?"(당시 나를 비롯

한 일부 친구들의 인생은 바야흐로 '공룡기'를 지나고 있었다)
"수박이 되고 싶어, 참외가 되고 싶어?" 같은 질문 중에
서, "사람이 무서워, 귀신이 무서워?"라는 질문을 받으
면, 사실은 사람이 더 무섭다고 생각했으면서도 무조건,
무조건 '귀신'이라고 답했다. 사람이라고 대답하면 혹시
귀신이 듣고 '뭐? 나보다 사람이 더 무섭다고? 어디 본
때를 보여주지!'라며 내 앞에 나타날까 봐 진심으로 두
려웠기 때문이다. 혹시 내 말이 귀신의 심기를 거스를까
봐 "귀신!"이라고, 지나가는 귀신이 다 들을 정도로 크
게 대답해서 귀신의 기를 은근히 세워준 것이다.

한국조폐공사 사장이 죽은 딸인 김민지의 이름 자
모들과 신체 부위를 화폐 그림마다 심어놓았고, 이 모두
를 찾아낸 사람은 어디선가 나타난 김민지에게 사지가
찢겨 죽는다는 '김민지 괴담'이 한창 유행했을 때는, 그
숨은 그림들이 저절로 눈에 띄어 얼떨결에 다 찾아버리
는 참극이라도 벌어질까 두려워 동전과 지폐를 1초 이
상은 쳐다보지도 않았다. 엄마가 처음으로 침대를 사주
겠다고 했을 때는, '침대 밑'이라는 공간적 여지를 주어
서는 절대 안 된다는 일념에 바닥에 붙은 침대가 아니면
안 된다고 고집했다. '침대 밑'과 유사한 공간으로는 '커
튼 틈'이 있었는데, 친구들과 영화 〈뉴욕 세 남자와 아

기)를 보다가 커튼 사이로 소년의 형체를 한 무엇(귀신
이라는 설이 강력하게 떠돌았었다)을 발견하고 소스라치게
놀란 이후에는 커튼을 칠 때마다 틈새를 남기지 않도록
남다른 주의를 기울였다.

어느 정도 귀신에 대한 두려움이 잦아들 무렵, 일
제강점기와 관련이 깊어 귀신 소문이 파다했던 고등학
교에 진학하는 바람에 다시 긴장의 끈이 바짝 조여졌다.
혼자가 될 수밖에 없는 화장실 칸이 두려워 웬만해서는
가지 않으려고 방광을 혹사했고, 밤길을 걸을 때면 온갖
소리에 귀를 기울이느라고 청각을 혹사했으며, 엘리베
이터는 혼자 타든 누군가와 같이 타든 좀처럼 진정이 되
지 않아 심장을 혹사했다(유일한 안전선이라고 여겼던 엄마
와의 동행도 "내가 네 엄마로 보이니?" 괴담 때문에 무너져버렸
다. 그런 점에서 정말 잔인한 괴담이라고 생각한다). 혹독했던
시대의 상징성을 가지고 있어 덮어놓고 무서워만 하기
에는 한편으로 매우 미안했던 귀신들과(정확히는 귀신 이
야기들과) 고등학교 졸업과 함께 이별하는가 싶었지만,
입학한 대학교가 옛 안기부 건물을 그대로 사용하는 곳
이어서 이번에는 군사정권 시대의 귀신들을 만나게 된
건 웃을 수도 울 수도 없는 운명의 장난일 것이다……
대학 시절은 한국 근현대사에 관한 책들을 한창 찾

91

아 읽으며 친구들과 스터디를 하던 때이기도 했다. 그 후부터 잔혹한 고문과 억울한 죽음이 그림자처럼 서린 학교 괴담들이 처연하고 아프게 다가와서인지, 아니면 단지 내가 청소년기를 벗어나 성인이 되어서인지, 어느 순간 더는 귀신을 그렇게 두려워하지 않게 되었다. 새벽 두세 시면 귀신이 나타나 노크를 한다던 지하 편집실에서 혼자 밤을 새우기도 하고, 군사정권 시대에 군용차량을 세워났던 곳이라 한밤중에 엔진음이나 캐터필러 소리가 들리곤 한다던 공터를 혼자 가로질러 걷기도 했다. 별로 무섭지 않았다. 오히려 당시 나는 다른 것들을 두려워하고 있었다.

일 특성상 스태프들과 함께 지방에 며칠 이상 묵을 일이 꽤 있었다. 서울로 돌아가기 전날 저녁에는 술판이 벌어지곤 했는데, 그 술판에는 여러 좋지 못한 소문이 따라붙은, 이미 눈빛이나 언행에서 이상한 기미를 보이곤 했던 남자가 하나둘씩 끼어 있었다. 왜 그런 사람일수록 그 작은 사회 안에서도 누군가의 일신을 좌지우지할 수 있을 만한 권력을 쥐고 있거나 위계의 꼭대기에 올라가 있었던 건지, 혹은 그랬기에 함부로 행동할 수 있었던 건지, 팀 내에서 나름 '대가 센' 사람들도 감히 따져 묻거나 적극적으로 만류하지 못했다. 왜 늘 그런 사

92

람일수록 술자리에서 뻗지도 않고 끝까지 살아남는 건지, 주변에서 우회적으로 아무리 눈치를 줘도 못 들은 척, 야릇한 말들을 아무렇지 않게 던지고 곁에 있는 여자들에게 은근슬쩍 몸을 갖다 대며 밖에 나가 바람 쐬다 오자고 뻔한 수작을 계속 걸어대는 걸 볼 때마다 그 당당한 뻔뻔함이 소름 끼치도록 싫으면서 무서웠다.

그런 자리에서 갑자기 소환되는 건 귀신이었다. 몇몇 눈치 빠른 여자들은 밖에 나갈 일이 생기면 '귀신이 무서우니 화장실에 같이 가자' 하고 다른 여자들에게 부탁했고, 지목된 여자들은 재빠르게 따라나섰다. 요주의 남자 중 누군가가 굳이 자기가 같이 가주겠다며 막무가내로 일어설 기미가 보이면, 같은 여자가 아니면 화장실 안까지 같이 들어갈 수 없지 않냐는 논리로 가까스로 물리칠 수 있었다. 그렇게 밖으로 나오면 우리가 무서워하는 것이 정말로 귀신이기라도 한 듯 서로 팔짱을 꽉 낀 채 꼭 붙어서 화장실까지 갔고 남은 두 명은 그 앞에서 보초를 섰다. 귀신이든 사람이든 누구도 들어가지 못하게. 누구도 함부로 넘보지 못하게. 나온 김에 귀신 아닌 누군가에게 전화를 걸거나, 아무 데나 걸터앉아 술로 나른해진 정신을 바짝 곤두세우기도 하다가 여기서 더 늦게 들어가면 부자연스럽겠다 싶을 때쯤 억지로 걸음을 돌리곤 했다. 마음 같아서는 안에 있는 여자들을 전부 각자의 집으로 돌려보내고 싶었지만 지나가는 택시 하나 없는 낯선 고장에서는 그럴 수도 없었다.

지금 생각해보면 그깟 것들이 뭐가 그리 무섭다고, 너희가 문제라고, 수작 부리지 말라고, 내 가까이에 얼씬도 하지 말라고 똑바로 말하지 못하고 귀신을 호명했을까. 내가 그들의 정체를 안다는 걸 그들이 아는 순간, 그나마 '젠틀한' 척 쓰고 있던 가면 아래로 괴물 같은 본얼굴이 나타날까 봐 두려웠던 걸까. 화폐 속 숨은 그림을 모두 찾았다는 걸 들키는 순간 어디선가 김민지가 나타나는 것처럼. 귀신의 심기를 거스를까 봐 "귀신!"이라고 대답했던 겁 많은 어린이는 자라서 사람의 심기를 거스를까 봐 "귀신!"을 외치는 20대가 되어 있었다.

시간이 흘러 몇 가지 다른 직업을 거치고, 다양한 사람을 겪고, 많은 여자 동료와 친구들을 만나면서, 다른 업계라고 다를 것도 없고, 세대별로 다를 것도 없다는 것을 알았다. 업계와 세대를 막론하고 여자들을 괴롭히고 두렵게 만드는 것들은 다른 듯하면서도 결국 비슷했다. 너무 비슷해서 분하고 기가 막혔다. 위협을 모면하기 위해 만들어내는 것들까지 어찌나 비슷한지. 남자 상사에게 시달리다 못해 있지도 않은 약혼자를 만들어내고, 현관 앞에 남자 구두를 갖다 놓아 있지도 않은 동거인을 만들어내고, 택시 뒷좌석에서 누군가와 통화하는 척하며 전화기 너머의 목격자를 만들어내고, 언제든지 성범죄로 법적 조치가 가능하다는 경고성 사인을 보내기 위해 법조인 친척을 만들어내기도 했다. 자신을 지키기 위해 저마다 호명하는 실체 없는 존재들. 우리의 귀신들.

이제 귀신을 두려워하던 시절은 한참 지났지만(오히려 귀신과 모종의 공조를 하고 있지만) 삶의 어떤 공포들은 여전히 그때 그 시절과 비슷하게 흘러간다. 그럴 리 없다고 생각하면서도 나 없는 사이에 누군가 침입해 숨어 있을지 모를 '침대 밑'은 여전히 음습한 공간이고(도시 괴담들에 어김없이 '침대 밑 낯선 남자'가 등장하는 것은 여성들의 무의식 속 뿌리 깊은 두려움을 반영한 결과일 것이다), 고배율 카메라나 드론으로 20층 높이 오피스텔까지도 '불법 촬영'하는 이런 세상에서 속옷 차림으로 거실에 나갔다가 문득 불안해져 황급히 옷을 챙겨 입는 여성들에게는 '커튼 틈' 역시 여전히 섬뜩한 공간이다. 범죄를 작정한 누군가가 들이닥칠지도 모르고 '불법 카메라'가 달려 있을지도 모를 공중화장실이 두려워 여전히 방광을 혹사한다. 혼자 걷는 밤길, 혼자 혹은 누군가와 같이 타는 엘리베이터 등, 이 모든 것들이 여전히 두렵다. 이 모든 것들이 여전히 두렵다는 것이 가장 두렵다.

한편, 요즘 나에게는 새로운 귀신 친구들이 생겼다. 강두식과 정필모. 둘 다 나이는 대략 40대 중반쯤이고 근육질의 몸을 가졌으며 격투에 능하다고 한다. '여자 혼자 사는 집' 혹은 '여자들만 사는 집'이라는 상태를 숨기기 위해 친구들이 택배 수신용 이름으로 고안해낸 뒤 재미 삼아(그리고 간절한 기원을 담아) 자신을 지켜줄 수 있는 능력치를 캐릭터로 부여한 가상의 남자들이다. 사실 이런 이들이 한둘이 아니다. 곽두팔 권필쌍 한만철 우극창 조광배······ 최근 벌어진 잇따른 여성 대상 범죄 사건들이 여성들의 불안을 증폭시키면서 온라인 커뮤니티마다 택배 수신 등에 쓸 수 있는 '세 보이는 남자 이름 리스트'가 활발히 공유된 지 오래고(참고로 앞서 새로운 귀신 친구라고 소개한 강두식과 정필모는 내가 즉흥적으로 지어낸 이름이며 친구들이 실제 사용하는 이름들은 비밀에 부친다. 가명을 또 가명으로 바꾸는 이상한 상황이 되었다······), 택배 송장을 버릴 때 개인정보가 유출되는 것을 막고자 아세톤을 뿌리거나 롤러스탬프로 덧칠하는 방법 등도 공유되고 있다. 나는 당장 롤러스탬프를 주문했고 친구는 가정용 소형 파쇄기를 구입했다.

○

얼마 전 친구에게 부칠 책들이 있어 우체국에 들렀다가, 진지하게 '정필모'라는 이름을, 친구가 산 파쇄기에 갈기갈기 찢길 운명인 송장에 적고 있으려니 문득 마음이 먹먹해졌다. 집에서조차 안전할 수 없어 세상에 존재하지 않는 사람을 끊임없이 만들어내고 세상에 존재하는 사람의 흔적은 기를 쓰고 없애야 하는 현실이. 안간힘들이. 우리는 언제까지 안전해질 수 있을까? 어디까지 해야 안전할 수 있을까? 이름만 있고 실체는 없는 우리의 귀신들이 부디 제 몫을 해주기를, 아세톤과 롤러스탬프로 지워질 이름의 주인들이 모두 무사하고 안전하기를 빌면서 우체국을 나섰다. 이렇게 납량특집으로 쓰기 시작한 '나의 귀신 연대기(年代記)'는 '나의 귀신 연대기(連帶記)'가 되면서 끝이 난다.

●

그의
SNS를 보았다

벌써 11년 전 일이다. 당시 나는 A라는 뮤지션에 완전히 빠져 있었다. 그의 노래, 연주, 작사, 작곡, 편곡, 인터뷰에서 내비치는 세상을 향한 시선, 나의 재치를 봐달라고 아우성치지 않으면서 맥락 속에 은근하게 스미는 특유의 유머 감각, 동료들과 함께 있을 때 언뜻 드러나는 속 깊은 언행 등, 내가 이상적으로 생각하는 적정선에 모두 들어맞는 사람이었다. 지금은 "A 좋아해?"라고 묻기보다는 "혹시 A 알아?"라고 물어야 하는, 인기 이전에 인지도를 먼저 확인해야 하는 사람이지만, 당시에는 그래도 소소하게 마니아층이 있었고 나도 그중 하나였다.

○

　그런 그가 어느 날 덜컥 SNS 계정을 만들었다. 그
의 캐릭터를 생각해보면 생전 그런 건 안 만들 것 같았
기에 조금 놀라우면서 약간 떨떠름한 기분으로 팔로우
버튼을 눌렀던 것 같다. 원래부터 하고 있었으면 모를
까, 좋아하는 연예인이 새로 SNS를 시작하는 걸 썩 반
기지 않는다. SNS에 실수라도 할까 걱정도 되고 또 모
르고 싶은, 모르기에 이 팬심이 가능할지도 모를 어떤
점을 굳이 알게 될까 봐 두려워서이기도 할 것이다.

　팬심을 시험받는 일은 생각보다 훨씬 일찍, 뜻밖
의 곳에서 일어났다. 팔로우한 다음 날 아침, 그의 계정
을 들어간 나는 이루 말할 수 없이 복잡한 기분에 휩싸
였다. 달랑 하나 있던 그의 첫인사 글 위로 간밤에 그가
단독으로, 혹은 누군가에게 답으로 쓴 글들이 마흔 개쯤
업데이트되어 있었는데, 그랬는데, 거기까진 좋았는데,
다 좋고 좋았고 좋아야 했는데…… 그의 맞춤법이 정말
로, 정말로 엉망이었다. 그냥 어쩌다 틀리는 게 아니었
다. 나름 확고한 법칙을 가지고 틀리는 곳을 늘 틀리는
일관성을 갖고 있었다. 그 후로도 그의 근황과 생각을
그때그때 알고 싶어 그의 계정에 하루에 몇 번은 들어가
곤 했는데 볼 때마다 심란한 건 어쩔 도리 없었다.

　요즘 인터넷 게시판을 돌아다니는 '맞춤법 파괴 레

전드' 같은 황당무계한 오류를 범하는 건 아니었다. 단지 그는 사람들에게 가끔씩 출산을 종용했고(빨리 낳으세요!) 고추장찌개를 너무 사랑한 나머지 가만히 끓게 놔두지 못하고 자꾸 자기 옆에 앉혔고(방금 찌개 앉혔다!) 저러다 무릎이라도 나가는 게 아닌지 걱정될 정도로 안 써도 될 곳에 무리해서 무릎을 썼다(위험을 무릎썼습니다). 그는 쌍기역을 지나치게 사랑했지만(청소할꺼야, 다시 올께) 쌍시옷은 또 싫어했고(한 시간 기다렷다, 기억낫다) 무엇보다 전쟁을 가장 싫어했던 것인지 '눠'를 절대 쓰지 않았다(내일 갖다죠, 전화해죠). '귀저기' 같은, 언뜻 보면 뭐가 이상한지 눈치채지 못하고 지나가기 쉬운 참신한 단어를 번번이 쓰기도 했다.

어느 새벽, 그가 '옌'날부터 알고 지낸 음악하는 친구들과 많은 '예'기를 나누고 왔다던 그날, 나는 뭔가 한계에 도달한 것 같은 기분에 석 달 만에 처음으로 나의 SNS에 고충을 털어놓았다. 굳건할 줄 알았던 애정이 그의 글이 하나 올라올 때마다 뚝뚝 줄어가는 슬픔에 관한 글이었다. 검색에 걸릴까 봐 이름은 언급하지 않았지만 대부분이 누구인지 알아챘다. 안 그래도 가끔씩 그의 글이 RT될 때마다 '좀 깼다'거나, 너는 그게 괜찮은지 궁금했다거나, 매니저가 SNS 관리를 좀 해줘야 할 것 같다는 공감의 답들이 오갈 때쯤, 이런 글이 하나 올라왔다. "가정 형편도 어려운 와중에 알바하는 틈틈이 어떻게든 자기가 하고 싶은 음악 하느라 다른 걸 돌아볼 시간도 없었을 텐데 그깟 맞춤법 좀 엉망이면 어떻다고. 그걸 뭐라고 하는 사람은 참……."

저 뒤에 이어 붙은 말이 '같잖다'였는지 '오만하다'였는지 '천박하다'였는지 기억이 확실하지 않다. 무슨 말이었어도 상관없다. 뭐가 됐든 다 맞는 말이니까. 어쩌면 저기서 끝이고 아무 말도 따라붙지 않았는데 내 머릿속에서 지레 만들어 붙였을 수도 있다. 다 맞는 말이니까. 나를 언급하지는 않았지만 나를 두고 한 말이 거의 확실한 저 글을 보는 순간 얼굴이 화끈 달아올랐다.

A가 어떤 길을 걸어왔는지 당연히 알고 있었다. 내가 그를 그토록 좋아했던 이유도 힘든 상황에서 시간을 쪼개고 마음을 추슬러서 끝까지 음악을 포기하지 않았던, 그럼에도 '고생과 노력 서사'로 자신을 치장하지도 않고, 경쟁이나 인기에 연연하지도 않고, 그런 데에 쓰는 시간조차 아깝다는 듯이 그저 노래하고 곡 쓰고 연주하는 걸 진심으로 즐기는 그의 에너지가 눈부셨기 때문이다. 쉽게 찾을 수 있는 정보들로 그의 인생 타임라인을 대충만 그려봐도 그는 평생 음악 할 시간도 부족

한 사람이었다. 생계를 위해 돈 버는 시간을 뺀 나머지 시간들은 그에게 결코 충분하지 않았을 것이다. 그 사실이 그의 맞춤법에 얼마나 지배적인 영향을 줬는지는 모르겠지만, 어쨌든 나는 이 두 가지를 연결해볼 상상력이 아예 없었다.

그날 나는 그동안 내가 기본 소양이라고 여겨왔던 것들, 사회가 기본 소양이라고 설정해놓은 것을 무비판적으로 가져다 써왔던 일들에 관해 생각했다. 그런 태도가 때로 무심코 지워버리는 것에 관해서도 생각했다. 이를테면 많은 사람이 기본 중에서도 기본 예절이라는 미명으로 'TPO에 맞는 옷' 같은 걸 상정해놓고 사람의 기본을 판단한다. 그런데 TPO에 맞는 옷이란 대체 누가 정한 걸까? 모르긴 해도 TPO에 맞는 옷을 이미 갖고 있거나 구입할 여건이 되는 사람들이 정했을 것이다. 적어도 정장을 구비할 여력이 없어 누군가의 결혼식 때마다 전화를 돌려 정장 빌리기에 급급한 사람이 정하지는 않았을 것이다.

맞춤법 또한 많은 사람이 현대인이 기본적으로 갖춰야 할 교양의 마지노선으로 여기는 것 중 하나이다. 작곡하고 그림 그리고 엑셀을 다루는 건 특정한 사람들이 하는 것이지만, 문자메시지 하나일지라도 글을 쓰고 읽고 말하는 건 일상적으로 하는 일이기에, 그 안에서 작동하는 사회적 약속인 맞춤법을 기본 소양으로 보는 건 꽤 합리적으로 보인다.

하지만 때로 이 '기본'이라는 지나치게 확고한 단어는, '기본' 바깥 사람들의 저마다 다른 맥락과 상황을 쉽게 지우기도 한다. A와 나는 성장한 과정도, 몰두하는 대상도 다른데, A의 맞춤법을 보며 나는 "왜 맞춤법을 잘 모를까?"를 따져볼 생각조차 안 했다. 왜? 기본이니까. 기본이라는 것은 이유 불문하고 어느 정도 당연히 갖춰야 하는 거니까. 그래서 '기본'이라고 하는 거니까. 기본 소양이라는 게 때 되면 어딘가에서 뚝 떨어지는 것도 아니고, 나이를 먹듯 세월 따라 저절로 생기는 게 아닌데, 그것을 배우고 갖추기 위한 시간과 에너지와 환경이 확보되어야 하는 건데, 그런 확보가 모두에게 똑같이 주어지지 않는다는 사실을 잊고 있었다. '기본'으로서 누군가를 판단할 때 배제되기 쉬운 불리한 어떤 입장들에 대해 잊고 있었다. 설사 같은 조건이라고 해도 사람마다 적성과 성향, 강점과 약점은 얼마나 다른가.

게다가 '기본'이라는 단어에는 기본에 미치지 못하는 한 부분을 그 사람의 전체로 확장해버리는 힘이 있다. 한 사람에 대한 호감을 좌우할 정도로. 작곡을 못 하는 건 비웃음의 대상이 아니지만 맞춤법을 모르는 건 당장 인터넷 게시판에서부터 비웃음의 대상이 되는데, 대개 '격 떨어진다' '수준 알 만하다' 심하게는 '지능이 낮다' 같은 비아냥들이 댓글로 달리곤 했다. '맞춤법 잘 모르는 사람은 절대 사귀지 말라'는 요지의 단정적인 조언은 또 어떤가. 이 조언을 도출했을 '맞춤법이 엉망이다 → 글이나 책을 거의 안 읽을 것이다 → 상식도 이해력도 사고력도 떨어지고 어리석을 것이다'라는 연산이 어찌나 강하게 뇌리에 박혔는지, 당장 A처럼 맞춤법을 빼놓고는 모든 점이 나보다 훌륭한 사람을 눈앞에 두고도 오히려 역산으로 그를 낮게 평가하려 들었다.

맞춤법으로 누군가를 판단한 게 이때가 처음은 아니었다. '네'가 들어갈 자리에 '내'를 쓰고(그랬내요, 몰랐내요) 겹받침을 자주 틀리는 거래처 사람을 두고, 만나보기도 전에 '분명 일을 잘 못 할 것이다'라고 단정 지은 적도 있었다. 하지만 그녀는 내가 겪은 그 누구보다도 유능했고, 명민했다. 서로 술친구가 된 지 12년이 넘은 지금, 살면서 누군가의 조언이 필요할 때 내가 찾는 몇 안 되는 사람이 되었다. 그는 단지 특성화고등학교에 들어가면서 글을 읽고 쓸 일이 그리 많지 않은 업종에 일찌감치 뛰어들었고, 다른 데 눈 돌리기에는 새로운 기술을 익히고 응용하기만도 벅찼고, 활자에 특별히 관심이 있거나 민감하지 않았을 뿐이다.

맞춤법을 잘 지키는 것이 말해줄 수 있는 건 뭘까? 비아냥하는 댓글들 말마따나 한 사람의 품격? 수준? 지능? 맞춤법을 잘 모르는 사람보다는 책을 많이 읽었고 그래서 더 박식할 확률이 높다는 것? 그렇게만 생각하기에는 완벽한 맞춤법과 문장으로 이루어진 글을 쓰는 사람의 빈약한 사유를, 다독이나 박식이 딱히 지혜나 어떤 품격으로 연결되지 않는 경우를 우리는 이미 많이 목격했다(지식인이라고 추앙받는 일부 사람의 언행이나 국회의 사당의 일일을 봐도 금방 목격된다). 지식의 양과 지식을 지혜로 응용하는 능력은 엄연히 다르고, 아는 것이 많은 것과 제대로 아는 것, 아는 것을 실천하는 것 역시 전혀 다르다. 맞춤법을 잘 지키는 일이 말해줄 수 있는 것은 그 사람이 '활자'에 익숙하다는 것, 활자에 대한 감각이 있고, 활자 소통력이 높다는 것 정도가 아닐까. 맞춤법이 갖는 위상은 거기까지가 적당한 것 같다.

그렇다면 맞춤법이 엉망인 A의(A가 아니더라도 잘 알지 못하는 타인의) 글은 어떻게 봐야 할까? 그냥 맞춤법이 엉망인 글이라고 보면 된다. 거기서 끝. 저 사람은 키가 168센티구나 하는 느낌으로. 실망할 것도 없고 비아

냥댈 것도 없고 안 보이는 부분까지 판단할 것도 없이. 틀린 맞춤법을 쓰는 저 사람이 활자로 표현하는 데에 능숙하지 못해서 그렇지 어느 정도 암묵지를 가졌는지 어떤 품격을 지니고 있는지 우리는 알 수 없다(지능에 대해서는 말하고 싶지도 않다). 뒷받침하는 다른 근거들이 함께한다면 모를까, 오직 맞춤법 하나로 누군가의 품격을 점수 매길 수 있다고 믿는 사람이야말로 기본 미달의 사람이지 않을까. 그런 의미에서 11년 전의 나는 정말이지 같잖고 한심했고 오만했다.

그랬던 내가 장래에 맞춤법 책을 쓸 사람과 결혼하게 된 것은, 그래서 그 책의 제목을 같이 정해야 할 처지에 놓이게 된 것은 정말 얄궂은 일이었다. 제목을 놓고 이곳저곳에서 여러 의견이 나왔는데 우리는 그중 '품격'이 들어가는 제목들은 어김없이 탈락시켰다. 이를테면 '사람의 품격을 높여주는 맞춤법' '글의 품격을 완성하는 맞춤법' 같은 것들. 물론 맞춤법을 잘 지키면 그렇게 '보이는' 효과가 있다는 걸 알지만, 실제로 맞춤법으로 사람이나 글의 품격을 평가하는 시선도 있지만, 그것이 당연한 사실인 양 긍정하는 제목은 절대 쓰고 싶지 않았다(최종적으로 정해진 제목은 '책 쓰자면 맞춤법'이지만 사실 나는 이 제목도 그리 마음에 들지 않는다. 맞춤법을 잘 틀리는

A나 나의 술친구도 얼마든지 좋은 책을 쓸 수 있다).

맞춤법을 얼마든지 무시해도 좋다는 이야기는 아니다. 공적인 글을 써야 하는 기자를 비롯해 언론인, 직장에서 보고서나 공문, 외부 공지글이나 홍보용 글을 써야 하는 사람은 품격 이전에 업무 능력으로서 정확한 맞춤법을 구사해야 마땅하고, 직업 능력과 무관하게 약속된 보편적 소통의 법칙을 따르기 위해 노력하는 일은 필요하다고 생각한다. 어쩌다 '나는 남의 눈치 따위 보지 않아!'의 정신을 이상한 방식으로 자랑스레 내세우며, 틀린 맞춤법을 마치 개성이라도 되는 양 고집하는 일군의 사람을 볼 때면 마음이 뾰족해지기도 한다. 이런 사람들 때문에 '틀린 맞춤법 혐오'가 심해지는 면도 있어 더욱 그렇다. 다만 맞춤법이라는 일면으로 한 사람의 전부를, 보이지 않는 부분까지 판단해버리는 문제를 말하고 싶었다.

엊그제도 보았다. '한국에서 한국어로 쓰인 교과서로 정규교육을 받았을 텐데 맞춤법 틀리는 사람은 문제가 있다'는 대쪽 같은 의견을. 세상에는 정규교육을 제대로 받지 않은 사람이 있다는 사실은 차치하고서라도, 같은 정규교육이라도 지역마다 교육 여건이 다르고, 정규교육을 소화해내는 학습 능력과 활자 민감도가 사람마다 다르며, 가정환경이나 건강 등의 요소가 방해로 작용하는 경우 정규교육에 집중할 수 있는 정도도 다를 텐데 어떻게 단언할 수 있는지 모르겠다. 우리 눈에 '기본' 너머의 세계가 보이지 않는다고 세상에 없는 것은 아닌데. 맞춤법 하나로 무시받아서는 안 되는 삶들이 도처에 존재한다. 당신 곁에도 나의 곁에도.

그 시절 나에게 쓴소리를 했던 그분은 여전히 나의 SNS 친구이다. 언젠가 어떤 대화를 계기로 그분께 깊은 감사를 뒤늦게라도 전할 수 있어서 다행이었다. 한편 A는 1년도 채 못 되어 SNS 업로드가 뜸해지더니 몇 달 후 계정을 없앴다. 그래서 지금은 그의 맞춤법이 어떤지 알 수 없다. 하지만 그 까짓것과 상관없이 그는 여전히 멋지다.

○

책으로 인생이
바뀐다는 것

앤서니 호로비츠가 쓴 소설 《맥파이 살인 사건》(열린책들, 2018)에는 이런 구절이 나온다. "누가 한 말인지는 몰라도 책으로 인생이 바뀌려면 떨어지는 책에 맞는 수밖에 없다고 한다." 출근길 지하철 안에서 웃음을 베어 물며 고개를 끄덕인 것도 잠시, 회사까지 걸어가는 내내 이 말을 조금 진지하게 생각해봤다.

나는 떨어지는 책에 맞은 적이 있다. 당일에는 약간 욱신대기만 했는데 다음 날 일어나니 왼쪽 발가락과 발등이 크게 부어올라 있었다. 다들 뼈에 금이 갔을지도 모르니 엑스레이를 찍어봐야 한다고 했다. 부은 정도로 보나 떨어진 책의 무게로 보나 일리 있는 충고였다. 하지만 알 수 없는 저항감이 마음을 장악했다. 같은 무게의 아령이나 공구에 맞았다면 바로 납득하고 병원에 갔을 텐데 이상하게도 '책'이라는 이유만으로 그럴 리 없다고 생각해버린 것이다(책에 맞아서 뼈에 금이 간다고?). 아마 냉동실에서 돼지고기 한 덩이를 꺼내다가 떨어뜨려 발등이 부어올랐다고 해도 마찬가지 기분이었을 것이다(삼겹살에 맞아서 뼈에 금이 간다고?). 책에 맞아 뼈에 금이 간다는 것은 순두부에 손을 베어 피가 난다는 것만큼이나 비현실적으로 느껴졌다.

다음 날 발의 상태는 더욱 안 좋았다. 그때까지도 나는 책의 무고함과 순결함을 믿었다. 세상이 보석 도둑에 비해 책 도둑에게는 어쩐지 관대한 이유와 같지 않을까. 책이라는 존재가 갖는 관념적인 아우라에 가려져 물리적인 세계에서는 책 또한 그저 똑같은 물건일 뿐이라는 사실이 보이지 않는 것이다. 다다음 날도, 다다다음 날도 나아질 기미는 보이지 않았고 결국 그 주에 예정되었던 태국 출장을 취소해야 하는 상황에 이르러서야 병원에 갔다. 엑스레이를 찍어보니 네 번째 발가락이 발등과 이어지는 지점에 금이 가 있었다. 계속되는 의사의 설명과 함께 밀려드는 배신감이란. 내가 너희를 그렇

게 믿었는데! 책에 비하면 도끼는 얼마나 괜찮은 녀석
인지. 믿는 도끼에 발등이 '쪼개진다'도 아니고 '잘린다'
도 아니고 그냥 '찍히는' 정도라니. 종이로 만든 책도 이
런 식으로 발등뼈에 금을 내는데 도끼처럼 예리한 날을
가진 무거운 쇠붙이가 발등에 저지르는 일치고는 제법
관대한 처사 아닌가. 그 정도면 꽤 믿을 만했던 도끼라
는 생각이 든다(이 속담에서 '발등 찍힌다'는 현상의 기술이
고, 찍히고 난 이후의 결과는 함축적으로 처리된 거라고 볼 수
도 있겠지만, 망할 책을 책망하고 싶은 기분에 사로잡힌 내가
그것까지 친절하게 고려할 여유는 없었음을 이해해주길 바란
다).

　　그렇다면 《맥파이 살인사건》의 구절처럼 책에 입
은 물리적 위해가 도끼에 대한 재평가 외에도 내 인생을
바꾸었을까.

　　태국으로 가는 비행기 안에서 나는 코끼리 조련사
의 옆자리에 앉게 되었는데 그는 당시 국왕이었던 푸
미폰 아둔야뎃의 신임을 받아 국가적 행사가 있을 때마
다 흰코끼리 떼 퍼레이드를 주관하는 총책임자였고, 놀
랍도록 매력적이고 존경스러운 그와 불같은 사랑에 빠
져 그 길로 태국에 정착, 태국에서 행복한 나날을 보내
던 중 코끼리 조련이 심각한 동물 학대라는 걸 깨달음과

동시에 그때부터 그와 그 문제로 번번이 충돌을 빚다가 ("코끼리는 당신보다 내가 훨씬 잘 알아요. 당신은 지금 코끼리 때문에 내 인생 전체를 부정하고 있어요." "오, 닛차쿤 허라윗차쿤 마홋, 당신을 정말 존경하지만, 당신의 일이 어떤 생명에게는 큰 비극이라면 당신은 인생을 바꿀 필요가 있어요.") 마침내 가슴 찢어지는 결별을 한 뒤 세계동물보호단체에 가입, 코끼리 해방운동에 앞장서며 한때 연인이던 그와 정치적 원수로 평생을 살게 될 얄궂은 운명……이 예비되어 있었다면 떨어지는 책에 맞아 태국행 비행기를 타지 못했던 것이 나의 인생을 바꾸었다고 말할 수도 있다. 태국 코끼리들의 상생(象生)을 바꾸었다고도 말할 수 있다. 마침내 해방된 코끼리들을 그들의 고향으로 옮기는 임무까지 맡았더라면 제인 구달과 침팬지의 관계처럼 우리는 아시아의 어느 정글에서 행복했을지도 모른다.

그러니까 하필 그 시점에서 떨어지는 책에 맞은 사건이 내가 모르는 사이에 어떤 인생의 가능성(이를테면 코끼리와 평생 사는 인생)을 닫아버렸을지도 모른다는 이야기다. 그게 무엇인지 나는 평생 알 수 없을 테고, 그저 내가 아는 한에서는 한 달간 발이 불편했다는 것 외에는 크게 달라진 게 없었지만. 일어나지 않은 일은 무엇이든 될 수 있다. 결국은 무엇을 믿을지 내가 선택하기에 달려다. 떨어진 책으로 인해 사라진 어떤 인생을 믿을지, 아무 일도 없이 지나간 인생을 믿을지.

이것은 '떨어진 책' 뿐만 아니라 '읽은 책'에도 똑같이 적용된다. 읽은 책이 내 인생을 바꾸었는지 아닌지도 내가 무엇을 믿을지 선택하기 나름이다. 도끼에 발등이 쪼개져야 비로소 배신이라고 여기는 사람도 있고 찍히는 것만으로도 배신이라고 여기는 사람이 있듯이, 인생의 흐름이 살짝 바뀌는 정도로는 성에 안 차는 사람이 있고 그것만으로도 인생이 바뀌었다고 여기는 사람도 있다. 나는 후자에 해당하는 사람이다. 인생의 흐름을 바꾼, 조금 거창하게 말해서 '인생의 책'이라고 꼽을 만한 책들이 분명히 있다.

알렉상드르 마트롱이 쓴 《스피노자 철학에서 개인과 공동체》는 스피노자의 《에티카》와 더불어 존재하는지도 잘 몰랐던 새로운 세계를 눈앞에 열어줬다. 이 책이 나의 영혼 깊숙한 곳에 미친 영향에 대해 쓰자면 글한 편을 따로 쓰는 것으로도 부족하기에 섣불리 시작하지 않는 게 좋을 것 같다. 게다가 나는 이 책을 앞으로 스무 번은 더 읽어야, 특히 이 책과 깊이 연결되어 있는 다른 책들도 같이 공부하며 읽어야 드디어 그에 관한 이야기를 시작할 수 있을 것만 같다(그런 점에서 몇 줄 앞의

○

"새로운 세계를 열어줬다"라는 문장을 "새로운 세계로 들어가는 입구를 보여줬다" 정도로 수정하고 싶다). 그래서 이 책이 나에게 안겨준 일차원적인 변화에 한해서만 말하자면, 그것은 다소 뜬금없게도, 건강하게 오래 살고 싶다는 강렬한 소망을 품게 만든 점이다(스피노자의 코나투스가 이런 식으로 발현되다니).

T와 서재를 합친 7년 전만 해도 철학서가 가득 꽂혀 있는 T의 책장은 나와는 전혀 상관없는, 그저 기호와 기표들의 저장 공간에 지나지 않았다. 하지만 스피노자를 만나면서 그 300여 권의 책들이 한꺼번에 생생히 살아나 나의 삶으로 쏟아져 들어왔다. 집에 있는 그 모든 책이, 도서관이나 서점에 갔을 때 얼씬대지 않던 코너의 책들이 내가 읽을 책들로 바뀌면서 인생이 급격하게 유한해졌다. 이 책들은 저마다 얼마나 흥미진진하고 아름다운 세계를 품고 있을까. 이 중 몇 퍼센트나 읽을 수 있을까. 마트롱의 책을 몇 번이나 더 읽을 수 있을까. 이런 생각을 하다 보면 삶에 가능한 한 오래도록, 꼿꼿하게 머물고 싶어졌다. 규칙적인 운동을 하고 몸에 좋은 것을 먹고 눈을 보호하며 나를 잘 돌보고 싶어졌다. 어떤 좋은 책들은 사람을 오래 살고 싶게 만든다는 것을 처음 알았다.

더글러스 애덤스의 《은하수를 여행하는 히치하이커를 위한 안내서》를 빠뜨릴 수 없다. 누군가 '죽을 때까지 단 한 권의 책만 읽어야 한다면 어떤 책을 고를 것인가'라는 질문을 했을 때 일말의 망설임 없이 꼽았던 책이다. 10년 전에도 그랬고 지금도 그렇고 10년 후에도 그럴 것이다(미래의 일에 대한 몇 안 되는 확신 중 하나다). 이 책은 책 자체로 하나의 완결된 우주이다. 배경이 우주여서가 아니라, '책'이라는 존재에 기대하는 모든 것이 다 들어가 있기 때문이다. 보르헤스적이었다가 마르케스적이었다가 볼라뇨적이었다가 카프카적이었다가 칼비노적이었다가 보니것적이었다가…… 이런 식으로 지구 한 바퀴를 돌며 평소 애정해 마지않던 작가들을 다 만나고 오는 기분이 들면서 동시에 어디에서도 보지 못한 독창적인 아우라와 유머에 번번이 허를 찔린다. 아무리 읽어도 절대 질리지 않을 자신이 있다.

하지만 이렇게 인생의 책 두 권을 꼽아놓고 보니 문제는 다시 원점으로 돌아간다. 《맥파이 살인 사건》의 구절에 대항하고자 고른 이 책들이 어떤 면에서는 오히려 그 구절에 무게를 더 실어주기 때문이다. 《스피노자 철학에서 개인과 공동체》는 하드커버에 920쪽짜리 책이다. 읽었을 때만큼이나 맞았을 때 인생을 바꿀 만한 책이라는 점을 부정할 수가 없다. 《은하수를 여행하는 히치하이커를 위한 안내서》는 한술 더 뜬다. 하드커버에 1,236쪽이다. 읽었을 때보다 맞았을 때 인생을 바꿀 게 더 분명해 보이는 책이다. 아, 정말 모르겠다. 역시 읽는 것보다는 맞는 쪽이 더 강력할 수밖에 없을 것인가. 어쩌면 이 실험은 한 번쯤 인생을 바꿀 필요가 있는 닛차쿤 허라웻차쿤 마홋에게 권해보는 게 좋을지도 모르겠다.

○

D가 웃으면
나도 좋아
─ #내가이제쓰지않는말들[*]

― • ―

대구의 한 고등학교에서 있을 강의를 준비하면서 예전
자료들을 오랜만에 다시 열어봤다. 10대를 대상으로 한

[*] '해시태그(#)내가이제쓰지않는말들 프로젝트'는 장혜영 의원이 포
괄적 차별금지법 제정을 촉구하기 위해 기획한 캠페인으로 한때는 썼지
만 이제는 윤리적인 이유로 더는 쓰지 않는 단어나 표현을 모은 작업이다.
이 글은 내가 캠페인에 참여하며 썼던 글에 내용을 좀더 보충해서 개고한
것이다. 장 의원이 한 인터뷰에서 이 캠페인의 취지는 "어떤 말을 세상에
서 없애버리자는 것이 아니다"라며 "누군가는 문제없다고 여기는 말을 누
군가는 어떤 경험을 계기로 더는 쓰지 않게 됐다는 이야기를 한번 보고,
어떻게 할지 생각해보자는 취지"라고 말한 것처럼, 이 글 역시 그렇게 읽
어주면 좋겠다.

강의는 3년 전이 마지막이었다. 몇 번의 경험으로 그 또래 학생들이 '연애'나 '사랑'과 관련한 예시가 나올 때 남달리 집중한다는 걸 알게 된 후부터는 한두 개 정도는 그런 이야기를 만들어 넣곤 했는데 이번에 다시 읽으면서 3년 전의 나를 깊이 반성했다. 그 모든 상황을 당연하다는 듯이 여자-남자의 관계로 설정해놓은 것이다.

두 개의 예시였지만 그래도 그렇지, 이렇게 이성애 중심주의적인 관계를 무신경하게 썼다니 얼굴이 화끈거렸다. 재빨리 주인공의 성별, (성별을 특정하기 쉬운) 이름을 다 지우고 A, B, C 같은 이니셜로 고쳤다. 누군가는 이 이야기를 들으면서 여자-여자 혹은 남자-남자를 비롯한 다른 여러 조합을 떠올리고 상상할 수 있게.

말을 할 때도 글을 쓸 때도 조심한다. 상대방에게 애인이 있다는 걸 알지만 애인의 성별을 모른 채로 그 애인을 지칭해야 할 경우, 상대방이 여자라고 해서 "남자친구"라고 지레 말하지 않는다('애인'이라고 한다). 어떤 남성을 묘사하면서 "마치 사랑하는 여자에게 건넬 꽃이라도 고르듯이" 같은 표현도 서사적으로 꼭 필요한 경우가 아니라면 쓰지 않는다('사랑하는 사람에게'라고 쓴다). 그것들은 그들이 어떤 성적 지향인지 전혀 고려하지 않은, 그러니까 당연히 이성애자일 거라고 은연중에 전제하는 말들이기 때문이다. 누군가의 존재를 지워버리는 말. 전제가 지워버리는 존재.

— · —

어떤 '표현'은 누군가를 배제하고 더 나아가 아프게 할 수 있다는 걸 처음 알게 된 건 초등학교 3학년 때다. 같은 반에 정확히 어떤 사정이었는지 기억나지 않지만 아주 어려서부터 부모님 없이 **할머니 할아버지**와 함께 사는 D가 있었다. **보호자**가 참석해야 하는 거의 모든 활동에 **모계 쪽 할머니**가 오곤 했고, 그럴 때면 D는 선생님과 다른 **보호자**들에게 "우리 할머니예요"라고 먼저 나서서 소개하곤 했다. 어느 날 수업시간에 선생님이 직유법에 관해 설명하며 그 예로 '엄마 품처럼 따스한'이라는 표현을 계속 언급할 때였다. 내 대각선 앞에 앉은 D가 들릴락 말락 툭 내뱉었다.

"엄마 품이 대체 뭐 얼마나 따뜻하길래."

투덜댔다기보다는 삐쭉대는 것에 가까웠던 D의 말을 듣고 적잖은 충격을 받았다. 단 한 번도 생각해본 적 없는 문제였다. 수업시간 내내 그 말에 관해 생각했고 그날 이후 D가 자주 생각났다. 그동안 별생각 없이 써온 '엄마'나 '아빠'가 들어간 비유는 피하게 되었고, 글에서 "고아가 된 기분이다" 같은 표현을 보면 마음이 편치 않았다. "방학 동안 엄마 아빠랑 많은 시간 보내세요" "오늘 집에 가서 부모님이랑 같이 해보세요" 같은 말을 자주 하는 선생님들은 미웠다.

가장 괴로웠던 건, 매년 학교에서 수련회를 가면 마지막 날 밤마다 하곤 했던 '촛불 의식'이었다. 학년 전체가 손에 종이컵을 끼운 양초를 들고 모닥불 앞에 둘러앉아 진행되는 이 행사는, 감성적인 음악(이라고 쓰고 해바라기의 〈사랑으로〉라고 읽는)을 배경에 깔고 목소리도 한껏 내리깐 레크리에이션 강사가 '자기반성과 부모님의 은혜'를 주제로 아이들을 울리고 말겠다고 작정한 가차 없는 신파언어차력쇼 같았다. 죄책감을 자극하는 방식으로 효심을 부추기는 것도 별로였지만(왜 항상 K-효심은 부모님의 고생 서사와 죄책감 속에서 싹트는가), 그 의식은, "여러분에게 따뜻한 밥을 먹이기 위해 아무도 눈을 뜨지 않은 깜깜한 새벽에 홀로 몸을 일으켜 얼음장 같은 물에 손을 담그시는 어머니"가 없는 사람, "지금도 집에서 오직 여러분 걱정뿐일 아버지"가 없는 사람, "언젠가 부모님이 우리의 곁을 떠나고 난 뒤 후회가 남지 않도록 당장 집에 돌아가면 내일부터"라는 시간이 허락되지 않은 사람들을 철저히 배제하는 의식이기도 했다. 어딘가에서 이 모든 말을 들었을 D는 어땠을까, D와 같은 상황에 놓인 아이들은 무슨 생각을 하고 있었을까.

— • —

당시 내가 딱히 '사회적 소외'나 '정상가족 이데올로기' 같은 개념을 알고 있던 건 아니었다. 초등학생의 단순한 감각으로 D가 삐쭉댈 만한 표현이라면 되도록 안 쓰는 게 맞겠다고, 그냥 막연히 그렇게 생각했던 것 같다. 그 후로도 D는 꽤 오랫동안 그런 방식으로, 마치 '벡델 테스트'의 벡델로서 내 안에 존재했다. 나중에 사회에 나와 만나게 된 다른 사회적 약자나 소수자들도 어쩐지 D와 닮은 표정을 하고 있어서, 어느 순간부터 D는 '전제가 지워버리는 존재' 모두를 포괄하는 이름이 되었고, 나의 'D-테스트'는 점점 복잡한 양상을 보였다. 그러니까 다음은 이런 D-테스트를 거친 결과의 일부다.

119쪽 첫 문단(몇몇 단어가 굵게 표기된 문단)에서 '부모님' '학부모'라는 표현 대신 '보호자'를 쓴 것은, 사회가 '보편'이라고 자꾸 들이미는 '정상가족'의 형태가 전제된 표현을 피하기 위해서이다. 모두가 사전적 의미의

'부모님' 보호 아래 사는 것은 아니다. 엄마가 없거나 엄마만 여럿인 경우, 아빠가 없거나 아빠만 여럿인 경우, 둘 다 없고 친척이나 타인, 양육시설의 보호 아래 있는 경우 등 여러 경우의 수가 있고, 이 모두를 아우를 수 있는 표현이 필요하다.

바로 같은 문장에서 '모계 쪽 할머니'라는 표현을 어색하다고 느꼈을 사람도 있겠다(실은 나도 어색하다). 어머니 쪽은 '바깥'을 뜻하는 '외(外)-'를 붙이고 아버지 쪽은 '친함'을 뜻하는 '친(親)-'을 써서 구분하는 가부장 중심적인 구시대 호칭을 쓰지 않으려다 보면 가끔 저런 표현을 쓰게 된다. 그냥 '할머니'라고 쓰면 될 텐데, 그건 읽는 사람들이 관습적으로 '아버지의 엄마'로 이해해버릴 수 있다는 문제가 있다. 그렇게 '외할머니'의 존재가 지워지는 것은 용납이 안 된다(나에게 '외할머니'의 존재가 각별하기 때문이기도 할 것이다). 대안으로 '엄마 쪽 할머니'도 떠올려봤는데 그건 '엄마의 할머니', '증조모'로 읽힐 위험이 있어 결국 여기서는 '모계 쪽 할머니'를 택했다.

이렇듯 어떤 표현을 피하기 위해서는 감수해야 하는 표현의 지저분함이 있다. 나에게는 '남녀노소'도 그런 경우이다. '남녀노소'라고 쓰면 깔끔하고 편하겠지만, 거의 모든 저런 형식의 단어 조합에서 남자가 늘 맨 앞에 오는 것이 어느 순간부터 지겹게 느껴져서 그 이후로는 굳이 '다양한 연령대의 여성과 남성들'이라고 풀어서 쓰고 있다. 굵게 쓴 '할머니 할아버지'도 그런 이유에서 '조부모' 대신 쓴 것이다. 이미 수많은 글과 말에서 남자가 여자에 앞서 호명되어왔으니(그리고 앞으로도 그럴 테니) 반대의 경우도 많이 만들어내고 싶다.

그밖에도 더는 쓰지 않는 말이 많다. '한국을 빛낸 100명의 위인들' 부르듯 읊을 수 있을 것 같다. '결정 장애'처럼, 무언가를 잘 못 정하는 상황, 어떤 능력이 결여된 상태에 '장애'라는 단어를 빗댐으로써 장애를 비하하는 말을 쓰지 않는다. 질병을 희화화하는 표현인 '발암축구' '암 걸리겠다' 같은 말도 쓰지 않는다. 같은 맥락에서 '확찐자'라는 신조어가 정말 싫었다. 실제 코로나 감염 확진자들이 겪고 있는 커다란 고통과 공포를 생각하면, 그중 누군가는 목숨을 잃기까지 한다는 것을 생각하면 결코 쉽게 쓸 수 없는 말이다. '급식충' '설명충'처럼 사람을 곤충에 비교하며 사람과 곤충 모두에게 실례를 범하고 있는 '-충'이라는 말도 쓰지 않는다. '고아가 된 기분이다'와 비슷한 이유에서 '거지 같다'는 말도 쓰지 않는다. '유모차' 대신에 '유아차'를, '낙태' 대신에 임신

○

주체인 여성의 결정권을 우선한 표현인 '임신 중단' 혹은 '임신 중지'를 쓴다. 그 누구도 단어에 갇히고 말에 상처받지 않기를 간절히 바라면서.

— • —

7년 전 겨울, '손모아장갑'이라는 말을 처음 들었던 순간이 기억난다. 그 단어를 제안한 친구의 취지도 알겠고 동의도 하겠는데 마음에서 도저히 받아들여지지 않았다. 손모아장갑? 좀 억지스럽지 않나? 굳이 이렇게까지 해야 해? 특히 누군가를 비하하거나 혐오하려는 나쁜 의도를 가지고 일부러 '벙어리장갑'이라는 단어를 사용하는 사람은 세상에 없을 것 같았기에 더욱 그랬다. 물론 얼마 못 가서 그 단어를 사용하는 사람의 의도와는 별개로 언어장애인을 비하하는 표현이 단어 속에 들어 있는 것만으로도 대체할 필요가 있다는 걸 깨달았지만 (정확한 유래는 모르겠지만 뭔가 '네 개의 손가락이 붙어 있는 상태'를 '벙어리'에 비유했다는 게 이미 좀 꺼림칙하지 않은가?) '손모아장갑'이 입에서 자연스레 흘러나오기까지는 꽤 시간이 걸렸다.

　이런 단어들은 유독 강한 반발에 부딪히게 마련이

다. 그렇지 않아도 그동안 아무렇지 않게 써온 표현을 지적받으면 아무렇지 않았던 과거가 무안하고 아무래져야 하는 미래가 번거로워 반발심이 들기 마련인데, '벙어리장갑'처럼 이미 고유한 명사가 되어버린 친근한 단어를 놔두고 막 지어낸 듯한 어색한 단어를 가져다 쓰는 건 유난하다고 느껴서 더욱 그런 것 같다. 하지만 그런 유난하다는 느낌이, 이렇게까지 하면서 '벙어리'라는 단어를 쓰지 않아야 하는 이유를 사람들에게 계속 상기시켜준다면, 그건 그것대로 좋은 일일 것이다. 이외에도 장애인 비하가 들어가 있는 표현들, 이를테면 '꿀 먹은 벙어리' '눈뜬 장님' '눈먼 돈' '앉은뱅이책상' '절름발이 행정' 같은 말도 역시 쓰지 않는다.

최근 들어서 안 쓰려고 노력하는 말은 종(種)차별적인 표현들이다. 언젠가 '도살장에 끌려가는 소처럼'이라는 비유를 쓰다가 불현듯 '소가 도살장으로 끌려가는 건 인간 때문인데 그런 인간 중 하나인 내가 이 표현을 비유로까지 쓰는 건 좀 염치없지 않나?'라는 생각이 들었던 것이다. '개 같다' '짐승만도 못하다' 같은 표현도 자연히 피하게 되었다. 말로서라도 비인간 동물이 당하는 폭력을 당연시하지 않고 비하하지 않는다면, 아주 조금이라도, 저울의 눈금이 파르르 떨리다 말 정도의 미세

한 차이더라도, 아무것도 하지 않을 때보다는 낫지 않을까? 이렇게 생각하면 그런 표현들을 굳이 피하지 않을 이유도 없다.

— • —

의식적인 노력을 다한다 하더라도 글은 모든 상황과 입장을 전부 담지는 못한다. 어느 한곳에서는 반드시 누수가 일어나 어떤 존재들은 빠져나가고 배제되고 소외되기 마련이다. 그 안에서 그나마 내가 할 수 있는 건 '표현'을 계속 고민하고 다듬는 일이다. 세상에 존재하는 많은 D들이 삐쭉댈 만한 말을 최대한 쓰지 않는 것. 누군가 내 글을 읽다가 외로워지는 일을 최대한 줄이는 것. D가 슬프면 나도 무척 슬플 것이다. D가 아프면 나도 무척 아플 것이다. 그것에 비하면 써왔던 말들을 버리고 벼리는 건 아무것도 아니다. 정말 아무것도 아니다.

2부

한 시절을
건너게 해준

문 앞에서
이제는

초등학교 5학년부터 고등학교 2학년까지 7년 내리 반장을 했다. 딱히 리더십이 남달랐던 건 아니다(겸손하려고 하는 말이 아니라 정말 그렇다. 지금도 나는 유독 'oo십'이라고 끝나는 것들이 부족하다. 물론 나이는 사십이지만). 그것은 나의 큰 키와 작은 동네가 빚어낸 연쇄작용의 결과였다. 최종적으로 갖게 된 키의 8분의 7만큼이 초등학교 때 성질 급하게 자라버렸고, 당시에는 키 큰 아이가 성숙할 거라고 지레짐작하는 경향이 있었기에 나는 어느 날 갑자기 반장으로 뽑혔고, 한번 반장이 되니 '쟤 작년에 반장 → 오, 반장감!' 같은 단순한 논리로 그다음 해에도 반

장이 되었고, 작은 동네라 소문도 잘 나서 중학교에 진학한 후에도 "재 초등학교 때 늘 반장 → 오, 반장감!"이 고대로 이어졌고, 그렇게 쌓인 반장 경력이 또 다른 반장 경력을 불러 어쩌다 보니 늘 반장을 하고 있었다.

반장으로서 나의 영향력은 미미했다. 굉장한 리더십으로 단결을 이룬 것도 아니고(일단 나부터가 '단결'을 별로 좋아하지 않았다는 반장으로서의 존재적 아이러니가 있다), 굉장한 모범생으로 면학 분위기를 조성한 것도 아니고, 굉장한 재능으로 환경미화대회나 합창대회 같은 데에서 발군의 기량을 뽐낸 것도 아니었다. 어떤 '한 방'이 전혀 없었다. 그래도 7년간 고수해온 한 가지 원칙은 있었다. 내가 속한 반에서만큼은 겉돌거나 따돌림당하는 사람이 없을 것(물론 '자발적 단독자'들의 의사는 존중했다). 이렇게 말하니 좀 거창해 보이지만 사실 아주 간단했다. 그냥 가서 같이 놀면 되는 거였다. 그러면 자연히 나와 친한 애들도 따라왔고 금세 다 친구가 되었다.

M과도 그렇게 해서 친해졌다. M은 '유난스럽다'는 주변의 핀잔에 개의치 않고 책을, 특히 하버마스 같은 독일 철학자들의 책을 수시로 읽는 아이였다. 독특했고 해박했다. 공부는 잘하지 못했지만 턱없이 뒤편에 가까운 성적은 오히려 M의 똑똑함을 빛내주었다. 그에게는

'성적 따위 엿 먹어! 난 그따위 지표로 측정 불가한 사람이야!' 같은 포스가 있었다. 그것은 M이 또래들과 잘 어울리지 못하고 겉도는 이유이기도 했다. 아이들은 곧잘 M을 두고 "난 걔가 무슨 말을 하는 건지 잘 모르겠어"라고 말하곤 했다. 한번은 M이 나에게 이런 말을 툭 던진 적이 있었다.

"나는 내가 외톨이여도 아무렇지 않아. 단지 시각적으로 초라한 게 질색이야."

문학적 소양이 부족했던 나에게 '시각적으로 초라하다'는 말은 눈치껏 이해는 했지만 제대로 이해한 게 맞는지 확인이 필요한 표현이었고, 역시 그럴 줄 알았다는 표정으로 M은 친절하게 쉬운 말로 풀어주었다.

"내가 옆에 아무도 없이 혼자 있으면 초라해 보일 거잖아? 애들이 내가 초라한 기분으로 있을 거라고 오해하겠지? 그 오해를 견디기 힘들다는 뜻이야."

그런 그를 완전히 감당할 수는 없어서 때론 그를 실망시켰지만(내 지력과 감수성이 턱없이 달리는 걸 어쩌겠는가), 우리는 다른 두 명의 친구와 함께 넷이서 즐겁게 한 해를 보냈고, 해가 바뀌고 반이 갈리면서, 그리고 내가 운동을 좋아하는 친구들을 만나 점심시간마다 운동장에 나가면서, 자연히 조금씩 멀어졌다. 지금처럼 핸드폰

이 필수품이지도 않았고, 간편하게 사용할 수 있는 메신저가 따로 있는 것도 아니어서, 양쪽이 아주 끈끈한 사이이거나 한쪽이 아주 적극적인 사이가 아니면 물리적 거리에 따라 관계의 거리도 멀어지기 쉬운 시절이었다.

어느 날 M의 교실 앞을 지나게 되었다. 점심시간이었는데 그날 왜 운동장에 나가지 않았는지는 기억나지 않는다. 열려 있는 뒷문으로 1분단 맨 끝줄에 앉은 M이 곧바로 보였는데 보자마자 저절로 걸음을 멈췄다. 평소답지 않게 책도 읽지 않고 가만히 앉아 있는 M이 그렇게 쓸쓸해 보일 수가 없었다. 한 손으로 턱이라도 괴고 있었으면 좀 나았을까. 그저 등받이에 등을 기댄 채로 책상 위 어디쯤을 멍하니 보고 있는 M은 '시각적으로 초라해 보였다'.

내가 이런 마음으로 M 옆의 빈자리에 가서 슬쩍 앉은 걸 알면 M은 질색했겠지만, 그는 갑작스러운 나의 등장에 놀라느라 그걸 헤아릴 새가 없어 보였다. 정말 반갑다며 활짝 웃었다. 가로등에 일제히 불이 들어오는 순간의 강변 같은, 일순간 얼굴 전체가 환해지는 웃음이었다. 서로 할 이야기가 뭐 그리 많았는지 정신없이 웃고 떠드느라 예비 종을 지나 5교시 시작 종까지 울리고서야 "갈게!"라는 다급한 작별 인사를 건네고 교실을 향해 허겁지겁 뛰었다. 등 뒤로 M 특유의 끼룩끼룩대는 웃음소리가 들리다 사라졌다. 넌 어쩜 웃는 것도 독특하냐. M과 나눴던 이야기가, M의 웃음소리가 생각나서 5교시 수업 중에도 괜히 혼자 피식피식 웃었다. M은 잘 지내고 있는 것 같았다. 요즘 판타지 소설에 관심이 생겼는데 그 김에 이집트가 배경인 판타지 소설을 쓰기 시작했다며 언젠가 완성하면 보여주겠다고 했다. 분명 재미있을 거라고 확신했다(다만 내가 M의 글을 잘 이해해야 할 텐데!). 그렇게 또 두세 달이 흘렀다.

청소시간에 대걸레를 밀고 있는데 누가 다가와서 편지를 내밀었다. M이 나에게 꼭 전해달라고 맡겨놓고 갔다고 했다. M, 오늘 전학 갔어. 뭐? 깜짝 놀라는 나에게 그 애는 M이 조회시간에 앞에 나와 인사를 한 뒤 복도에서 기다리고 있던 어머니와 곧바로 부산으로 떠났다고 말해주었다. 급작스러운 사실들이 머릿속을 어지럽게 떠도는 채로 대충 청소를 마무리하고 당장 봉투를 뜯었다. 책의 한 구절을 인용하며 편지를 시작하는 게 M다웠다. 하긴, 말 대신 편지만 남기고 간 것도 M답지, 뭐. 'M다움'이 곳곳에 묻어 있는 편지를 읽어 내려갈수록 머릿속에서만 찰랑이던 사실들이 점점 마음으로 흘러내려 눈물이 핑 돌았다. M, 진짜 갔구나. 이제 못 보는

구나.

그렇게 여섯 장짜리 편지의 후반부쯤에 이르렀을 때였다. 다음 장을 넘기다가, 첫 줄을 읽기도 전에 먼저 눈에 들어온 중간의 어떤 문장에 갑자기 숨이 멎는 듯했다. 거기엔 석 달 전 점심시간에 관해 적혀 있었다. 그날 얼마나 반가웠는지, 또 얼마나 기뻤는지. 올해 들어 가장 즐거웠던 시간이었다며 M은 이렇게 말을 이었다.

"그 후로 어쩐지 점심시간마다 너를 계속 기다리게 됐어. 혹시 또 안 오나 해서."

다시 읽어도 숨이 멎을 듯해서 바닥에 잠시 주저앉았다. 펑펑 울었다. 편지의 나머지 부분을 읽으면서도 문득문득 뒷문을 쳐다봤을 M이 자꾸만 상상돼서, 그때마다 실망하는 M의 표정과 아무렇지 않은 척 실망을 추스르며 맞곤 했을 M의 오후가 자꾸만 생각나서, 그날처럼 크게 터져 나올 일이 더 많았다면 좋았을 M의 끼룩끼룩대는 웃음소리가 자꾸 떠올라서 가슴이 미어졌다. 그리고 후회했다. 그 후로도 수백 번은 더 하게 될 후회였다. 몇 번 더 갈걸, 더 자주 갈걸 하는 후회는 아니었다. 가지 말걸. 그날 가지 말걸. 그냥 지나갈걸. 그럴걸.

나는 원래부터도 점심시간에 다른 반에 놀러 가는 편이 아니었다. 대부분 운동장에 있거나 그렇지 않을 때는 그저 제자리에서 공부하거나 그도 아니면 같은 반 친구들이랑 이야기하며 시간을 보냈다. 그날 M의 교실에 간 건 1년에 한두 번 있을까 말까 할 정도로 드문 일이었다. 그런 내 성향과 행동 패턴을 고려했을 때 내가 M에게 자주 가야겠다고 먼저 알아서 생각했을 확률은 전혀 없었고, 생각했다고 한들 어차피 지키지 못했을 것이다. 그러니 가지 말았어야 했다. 책임지지 못할 일은 시작하지 말았어야 했다. 사실 나는 그게 '시작'인 줄도 모르고 있었다. 내가 백지에 별생각 없이 점 하나를 찍고 말 때, 누군가는 그 점에서부터 시작하는 긴 선을 그리려 한다는 걸 알아채지 못했다. 알았어야 했다.

M은 끝내 오지 않은 내가 너무 미워서 전학 가는 걸 미리 알려주지 않는 것으로 복수한다며 '메롱'을 의미하는 혓바닥 그림을 그려 넣었는데, 그 그림은 편지 전체에서 유일하게 M답지 못한 부분이었다. 그게 또 오래 가슴에 걸렸다. 작은 기대일지라도 번번이 좌절될 때 조금씩 바스러지는 마음에 대해, 이루어지지 않는 무언가를 바라는 순간 받게 되는 상처에 대해 나 역시 잘 알고 있었기에 M의 아픔은 다시 나의 아픔이 되었다. 정말 미안해. 미안해, M.

M의 편지 속에서 와르르 쏟아졌던, 산산조각 난 기

대들은 지금까지도 일부 내 가슴에 박혀 있다. 과속방지 턱처럼 존재하는 그것들로 인해 나는 관계 앞에서 무척이나 머뭇대는 어른이 되었다. 관심이란 달짝지근한 음료수 같아서 한 모금 마시면 없던 갈증도 생긴다는 것을, 함께 마실 충분한 물이 없다면 건네지도 마시지도 않는 편이 좋을 수 있다는 것을 항상 기억한다. 순간의 기분으로 문 너머 외로운 누군가에게 다가가려다가도, 가장 따뜻한 방식으로 결국에는 가장 차가웠던 그때의 내가 떠올라 발을 멈춘다. 끝까지 내밀 손이 아닐 것 같으면 이내 거둔다. 항상성이 없는 섣부른 호의가 만들어내는 깨지기 쉬운 것들이 두렵다. 그래서 늘 머뭇댄다. '그럼에도' 발을 디뎌야 할 때와 '역시' 디디지 말아야 할 때 사이에서. 이 사이 어딘가에서 잘못 디딘 발자국들 사이에서.

친구를 주제로 글을 쓰려니 수많은 얼굴 중에 M이 가장 먼저 떠오른 것을 보면 나는 지금까지도 M 생각을 꽤 자주해온 것 같다. 문득문득 뒷문을 쳐다보며 나를 찾았던 M처럼.

●

그런 우리들이
있었다고

초등학교 시절, 예보에 없던 비가 갑자기 쏟아져 하교 시간까지 이어지면 우산을 들고 아이들을 마중 나온 엄마들로 복도며 현관 앞이며 운동장이 붐비곤 했다. 그즈음 '한강의 기적'이니 '아시아의 네 마리 용'이니 화려한 수식어와 함께 초고속 산업화를 이루며 올림픽까지 치른 한국이, 환경오염 문제에도 본격적으로 눈을 돌리던 시기였다(무려 스타 가수들이 총출동한 환경보호 콘서트 〈내일은 늦으리〉가 기획되기도 했으니). '온실효과' '오존층 파괴' '스모그' 같은 용어들이 온갖 곳에서 흘러나왔고, 그중에서도 '산성비'는 불벼락, 귀싸대기, 슬픈 예감 등과

함께 절대 맞아서는 안 될 무서운 존재였다.

물론 산성비의 유해성은 부인할 수 없는 사실이지만, 당시 산성비를 향한 공포에는 다소 과장된 면이 없지 않아 있었다. 미래학자들의 경고가 담긴 신문 기사를 읽다 보면 마치 몇십 년 안에 건물들이 부식되어 무너져내릴 것만 같았고, 산성화된 강 위로 떼죽음을 당한 물고기가 둥둥 떠오른 사진을 보다 보면 몇 년 안에 수중생태계까지 완전히 파괴되는 '한강의 기절'이 이뤄질 것만 같았다. 아시아의 네 손가락에 꼽히는 용이 비를 다스리기는커녕 이렇게 무서워하고 있는데 일개 인간들의 두려움이야 말할 것도 없어서 아이들이 비를 맞을세라 엄마들은 학교로 부지런히 몰려들었다.

그렇게 아이들이 엄마 손을 잡고 하나둘씩 사라지면 아무도 마중 오지 않은 몇몇 아이들이 체에 걸러진 알갱이처럼 현관 앞에 남겨졌다. 'ㄷ'자로 생긴 학교 건물 각 변마다 현관이 하나씩 있어서 저 너머 현관에 드문드문 모여 있는 아이들도 잘 보였는데 늘 그 아이들이 그 아이들이었다. 나처럼 부모님이 맞벌이라서 혹은 제각각의 여러 이유로 데리러 올 어른이 없는 아이들이었으리라. 우리가 거기 모여 있었던 건 올 수 없는 어른들을 기다리기 위해서도 아니었고, 산성비를 두려워해서는 더더구나 아니었다(초등학교 저학년들에게는 너무 추상적인 공포였다). 엄마들이 대거 마중 올 정도의 비라면 꽤 거센 편이어서 좀 잦아들기를 기다리는 것이었다. 물론 시간이 너무 지체되어 기다림이 하염없어지면 성질이나 사정이 급한 아이들부터 냅다 빗속으로 뛰어들었고, 그러면 나처럼 먼저 행동할 정도로 대범하지는 못하지만 성질은 급한 편인 아이들도 따라 뛰었다. 그렇게 비를 흠뻑 맞으며 뛰어다니면 괜히 신이 났고, 평소에는 금기시되는 어떤 것을 상황에 맞게, 필요에 의해, 내 의지대로 선택하는 융통성을 발휘한 것 같은 기분이 들었는데, 열 살도 안 된 나에게 그런 융통성은 '어른의 것'이었으므로 어른스러운 행동을 한 것에 조금 우쭐해졌다.

그런 종류의 우쭐함은 남겨진 다른 아이들 대부분과 공유하는 정서였다. 우리에게는 은근한 자부심 같은 게 있었다. 어른들의 보호가 필요 없는 특별한 아이가 된 느낌. 이까짓 비쯤은 얼마든지 혼자서도 부딪힐 수 있는 사람으로 인정받은 느낌. 실제로 교실에서 볼 때는 안 그랬던 아이들도 엄마의 우산 아래 들어가면 갑자기 어린애처럼 보였다. 그들은 그들의 안락을, 우리는 우리의 자율을 나눠 가진 셈이었다. 사실 우리야말로 가끔 빗물이 고인 곳을 골라 밟으며 첨벙첨벙 물놀이를 하고,

서로의 옷을 쥐고 비틀어 물을 짜내며 난데없는 빨래 놀이를 하는 등 영락없는 어린애가 되었으면서도, 우산 바깥의 세계에서 비를 피하지 않고 벌인 일들이라는 이유만으로 대단히 중요한 경험을 공유한 듯 짐짓 어른 흉내를 내며 헤어지곤 했다. 혼자 남겨지는 때도 많았다. 대개 교실에서 늦장을 부렸거나 청소가 늦게 끝나서였는데, 그럴 때면 현관 옆 계단에 앉아 숙제를 하다 잦아든 비를 맞으며 집으로 돌아갔다. 그런 날은 더욱 특별했다. '함께'가 아닌 '혼자' 그 상황을 잘 대처하고 심지어 즐겼다는 감각은 좀더 독립적인 방식의 우쭐함이었다.

그 후로 여러 매체에서, 특히 만화나 텔레비전 단막극 같은 데에서 비가 오는데 아무도 데리러 오지 않아 당장 울 것 같은 얼굴로 잔뜩 풀이 죽은 아이가 나올 때면 조금 의아했다. 게다가 그런 슬픈 설정은 대개 '일하느라 바쁜 엄마'(드물게는 '아파서 거동하기 힘든 엄마')와 짝지어 맥락을 이루곤 했기에 더 그랬다. 처음 몇 번은 '그래, 처한 상황과 성격은 다 다르니까 그런 아이도 분명히 있지'라고 생각했는데, 그렇게 넘기기에는 그런 설정이 잊을 만하면 눈에 보였다. '그래, 그런 아이가 예상보다 많을 수도 있지'라고 또 넘기려고 보니, 속사정은 다 제각각이었을지라도 그런 상황을 즐겁게 맞곤 했던 내 어린 시절 동창들 같은 아이의 모습은 한 번도 본 적이 없다는 데에 생각이 미쳤다. 그리고 왜 항상 당연하다는 듯 데리러 가지 못하는 주체로 '엄마'가 상정되는 거지? 마치 비 오는 날 아이를 학교에 데리러 가야 하는 건 오직 엄마들만의 몫이라는 듯. 남겨진 아이의 슬픔은 오직 엄마의 잘못이라는 듯.

한번은 역시 그런 장면이 연출되는 예능 프로그램을 같이 보던 엄마가 나에게 사과한 적도 있었다. 평소 엄마에게 미안한 게 워낙 많은 나머지, 거꾸로 엄마가 나에게 미안해할 일이 생기면 조금이나마 나의 미안이 만회가 되는 것 같아 슬쩍 반기는 나로서도 그 사과만큼은 받을 수가 없었다. 어릴 적 그런 우쭐함의 시간들이 모여 만들어진 나의 독립적인 성격의 일부가 훼손되는 것 같았다. 아니, 다 떠나서, 억울했다. 아닌데? 비 오는 날도, 아무도 오지 않았던 운동회도, 혼자면 혼자인 대로, 그런 아이들끼리 함께할 때면 함께인 대로 다 즐거웠는데? 게다가 아빠는 뭐하고 엄마가 사과해? 엄마가 아빠보다 더 많이 일했고 더 바빴고 더 고생했는데. 그렇게 고생했는데.

그런 억울함과 의아함이 마음 한편에 계속 달라붙어 있던 나는 성인이 되어서도 어쩌다 이런 이야기가 나오면 친구들에게 당시의 심경을 물어보며 사례를 수집하기에 이르렀다. 비슷한 기질끼리 모이기 마련이라 그런지는 몰라도, 내 어릴 적 동창들과 비슷했거나, 아니면 그냥 별생각 없었다고 (슬프거나 외롭지도, 신나거나 뿌듯하지도 않았다고) 심상하게 회고하는 친구들이 훨씬 많았다. 비 오는 날이라고 해서 엄마가 세상에 없다는 사실이 딱히 더 크게 다가오지는 않았는데 비에 흠뻑 젖은 모양새가 불쌍해 보였는지 "저 어린 것을 남겨두고……"라며 혀를 차는 어른들이야말로 자신을 기어이 외롭게 만들었다고 분개하는 이들도 있었다(특히 C는 "'어린 것을 남겨두고'라는 말, 망자를 탓하는 것처럼 들려서 묘하게 기분 나쁘지 않냐?"고 가장 분해했다).

그러고 나니 더욱더 드라마 등에서 챙김, 특히 '엄마의 챙김'을 받지 못해 쓸쓸하게'만' 그려지는 아이들을 볼 때마다, 그걸 보면서 엄마를 탓하는 사람들을 볼 때마다, 그걸 보고는 아이에게 미안해할 엄마들이 떠오를 때마다, 항변하고 싶었다. 전혀 쓸쓸하지 않았던 아이들 역시 많았다고. 우산 속 자리도 아늑했겠지만 우산 밖 빈자리가 우쭐했던 아이들도 분명 있었다고. 그 빈자리를 스스로 채워가며 커간 아이들이 갖게 되는, 산성비도 부식시키지 못할 단단한 마음 같은 게 있다고. 설령 그렇지 않았던들 그건 엄마들만 미안해할 일이 절대 아니라고. 당시에는 어려서 사회가 '엄마'에게 소급해서 씌우는 책임의 무게를 잘 몰랐다. 뒤에서 수군거리는 어른들이 있다는 건 알았지만, 그런 어른들이 미디어에 '나쁜 엄마들'을 만들어내고, 우리의 존재를 지워버렸다는 건 잘 몰랐다. 그래서 제대로 말하지 못했고 그래서 한 번쯤 꼭 말하고 싶었다. 우리의 존재에 대해서. 그 시절을 우리가 어떻게 통과했는지에 대해서. 그런 우리들도 있었다고. 분명 있었다고.

비행기는
괜찮았어

지금 살고 있는 집은 가까운 하늘 위로 비행기가 다닌다. 처음 집을 보러 왔을 때는 알지 못했다. 걸어서 역까지 얼마나 걸리는지, 동네 분위기는 안전하면서 조용한지, 주변에 편의시설이 잘 갖춰져 있는지(라고 돌려 말하지만 술 마시러 나가기 좋은지)를 확인하기 위해 한 시간 넘게 머물러 있었는데도 비행기는 보지 못했다. 마침 비행기가 지나다니지 않는 시간대였거나, 낯선 동네를 구석구석 훑어보는 데 정신이 팔려 비행기가 지나가는 걸 알아채지 못했는지도 모르겠다.

밤에 한 번 갔으니 낮에도 가보자고 해서 이뤄진 두

번째 방문에서도 보지 못했다. 비행기가 다닌다고 알려준 사람도 없었고(부동산에서는 "이곳에 살면 비행기를 매일 볼 수 있습니다. 운이 좋고 눈이 좋으면 비행기 바퀴를 볼 수도 있답니다!"라고 말해주지 않았다), 비행기가 다니는지 확인해봐야 한다고 알려준 사람도 없었다(그 누구도 "집을 보러 갈 땐 수압, 누수, 채광 그리고 비행기를 반드시 체크하세요"라고 말해주지 않았다). 김포시나 강서구만 됐어도 이 문제에 관해 생각해봤을 법한데, 거기서도 비켜나 있는 동네였다. 어쨌거나 우리는 아무것도 모른 채 이사를 왔고, 첫날 저녁, T와 장을 봐서 집에 돌아오는 길에 눈앞에서 유유히 날아가는 비행기를 보고는 둘이 동시에 눈이 휘둥그레졌다. "우아아, 비행기다……."

생각지도 못한 곳에서 대뜸 비행기를 보니, 그 생각지도 못한 곳이 바로 집 앞이다 보니, 우리는 비행기를 생전 처음 본 사람처럼 신기해했다. 게다가 거리가 가까워서인지 제법 컸다. 김포공항에서 이착륙하는 비행기들은 이 동네의 하늘에서 고도를 변경하는 모양이었다. 반가움도 잠시, T의 얼굴에 금세 걱정이 서렸다. 내가 생활 소음에 민감한 편이기 때문이다. 앞으로 살면서 시끄러우면 어쩌지, 에이, 뭐 그리 자주 다니겠어,라는 말이 끝나기 무섭게 구오오오오, 비행기 소리가 들리더니 또 한 대가 보란 듯이 저편 하늘에서 나타났다. 그날 잠 들기 전까지 비행기 소리만 다섯 번은 들었다.

하지만 문제 될 게 없다는 확신이 들었다. 자려고 침대에 가만히 누워 있는데 창문 너머로 비행기 소리가 들리니 마음이 그렇게 편안해질 수 없었다. 이 소리를 좋아하는 게 분명했다. 그런 소리들이 있다. 방음이라는 개념이 거의 존재하지 않았던 이전의 집에서는 때로 윗 집 아랫집 대화 내용이 그대로 들릴 정도라 신경이 곤두 설 때가 많았는데, 이상하게도 아랫집 개가 짖는 소리만 큼은 아무렇지도 않았다. 다른 집들은 항의할 정도로 꽤 크게, 자주 짖었는데도 그랬다. 좋아하는 소리는 소음이 될 수 없는 거였다. 그래도 걱정이 가시지 않았는지 며 칠 후 T가 정말 괜찮냐고 재차 물었다.

"응. 뭔가 바깥에서 불쑥불쑥 옛날 회사를 마주치 는 느낌인데, 그게 좀 반갑고 좋네."

그랬다. 20대의 한 시절 비행기는 나의 회사였다. 외국 항공사에서 승무원으로 일했던 기간은 내 인생 전 체를 놓고 보면 상대적으로 짧았고 집 앞에 등장한 비행 기처럼 조금 느닷없었기에 앞뒤 기억들과 분리된 채 독 립적으로, 말하자면 별책 부록처럼 내 안에 존재해왔다. 오랫동안 한쪽에 밀어두고만 있던 이 부록이 동네에서 비행기를 마주칠 때마다 아무 페이지나 대중없이 활짝 펼쳐졌고, 다른 페이지가 더 읽고 싶은 날에는 비행기가 나타나기를 기다리며 창문을 활짝 열어젖혔다. 물끄러미 밤하늘을 바라보고 있으면, 어떤 날에는 정말 잠깐 스쳐갔을 뿐인데도 10년이 넘는 시간을 건너 수면 위로 떠오르는 몇몇 승객의 얼굴이 있었고(아니, 손님들, 그동안 이렇게 쥐도 새도 모르게 제 메모리를 잡아먹고 계셨던 거예요?) 어떤 날에는 그렇게도 지겨웠던 기내식들이 떠다니며 채울 수 없는 허기를 부추겼다(기내식이 먹고 싶어지면 해결할 방법도 없다). 정말 대중없었다.

그해 10월에 날아든 고(故) 설리 씨의 부고가 남긴 가슴 아림이 채 가시기도 전에 11월에 또 한 명의 소중하고 아까운 사람을 허망하게 떠나보내고 수시로 밀려드는 이런저런 생각들로 마음이 부대꼈던 어느 밤. 머리 위를 가로지른 비행기가 펼쳐준 페이지는 나의 '첫 비행'이었다. 첫 비행 날을 이제 막 맞은 새벽 4시의 나. 하얗게 질려 있던 나. 이 페이지만큼은 필요한 순간에 다시 펼쳐보려고 언젠가 책갈피를 꽂아두었는데, 이날이 그 필요한 순간인 모양이었다.

새벽 4시에 하얗게 질려 있었던 이유를 설명하려면 조금 더 앞으로 거슬러 올라가야 한다. 정식으로 비행을 시작하기 전에 몇 주간 신입 훈련을 받았다. 첫 3주간 안전 교육을 받을 때는 다 좋았다. 교육센터의 비행기 모형에서 대피 훈련을 받고, 심폐소생술과 자동심장충격기 사용법을 배우고, 기본적인 수영을 비롯해서 구명조끼와 구명보트 이용법을 익히는 등, 활동적인 교육이 많고 실기시험도 많아 늘 트레이닝복을 입고 출근했다. 비행기 기종들과 내부 구조, 응급처치에 필요한 온갖 기구들의 사용법과 기내 위치 등을 달달 외워 매일 시험을 치는 것도 재미있었다.

문제는 안전 교육이 끝나고 서비스 교육이 시작되면서 생겼다. 서비스 교육 기간에는 유니폼을 갖춰 입고 머리부터 발끝까지 '완벽한 승무원'의 모습으로 출근해야 했다. 손으로 하는 거의 모든 것에 놀라울 정도로 재주가 없던 나에겐 음영 화장도 올림머리도 딴 세상 이야기였고, 안전 교육 때 에이스로 활약했던 게 무색하게 한순간에 기수 최고의 문제아로 전락했다. 강사들에게 매일 같이 매무새로 지적받는 내가 안타까웠는지 출근 버스에서 동기들이 손톱에 매니큐어를 칠해주거나 화장을 고쳐주곤 했지만, 머리 올리는 것만큼은 오로지 내가 해결해야 할 숙제였다. 그냥 말끔하게 올려 묶기만 해서는 안 됐다. 가르마를 타서 그놈의 '볼륨'을 주어야

●

했으며, 공항 대합실에서 갑자기 헤드뱅잉을 한대도 흐
트러짐 없을 정도로 단단히 고정해야 했다. 매일 치르는
시험 때문에 다들 서너 시간씩밖에 못 자는 가운데 나는
한 시간 반씩 일찍 일어나 거울 앞에 앉아서 세상에 존
재하는지도 몰랐던 U자 핀을 여기저기 찔러 넣고 스프
레이를 뿌려대느라 하루하루 전투를 벌였다(정말이지 승
무원이 이렇게까지 '꾸밈 노동'을 하지 않아도 되는 시대가 빨
리 오길 바란다).

교육이 끝날 즈음, 모두가 화장부터 머리까지 30분
안에 끝내는 수준에 이르렀을 때도 내게는 여전히 한 시
간이 더 필요했다. 그리고 닥친 첫 비행 전날. 신입들을
특히 엄하게 다루기로 소문난 첫 비행인 만큼 나는 무척
긴장한 채로 비행 전 브리핑 시간에 날아올 질문들에 대
비해 공부를 바짝 하느라 늦게 잠이 들었고, 그 바람에
원래 일어났어야 할 새벽 3시를 넘겨 4시에 일어나고야
말았다. 시계를 보는 순간 얼어붙었다. 망했다! 한 시간
이 사라져버리다니. 머리 어떡해. 사무장의 차가운 눈빛
과 꾸중이 심장에 내리꽂히는 것 같았다. 울 것 같은 기
분으로 재빨리 샤워하고 유니폼을 꿰어 입고 떨리는 손
으로 화장을 시작했다. 마음이 초조하니 화장도 잘되지
않았고 시간은 속절없이 흘렀다. 망했다, 망했다, 망했

다! 발을 동동 구르는데 초인종이 울렸다. 누구야, 이 새벽에. 잽싸게 뛰어가 현관문을 여니 동기 네 명이 서 있었다.

"어? 웬일이야?"

"야, 너 아직 화장도 안 하고 있었냐?"

"내가 언니 이럴 줄 알았지…… 걱정되더라. 그래서 우리가 왔잖아."

다들 침대에서 그대로 몸만 일으켜 바로 온 듯 파자마 위에 점퍼 하나씩 걸친 차림에 머리도 부스스하고 얼굴 여기저기에 졸음이 아직 붙어 있었지만 들어오자마자 일사불란한 움직임으로 A는 빗, B는 헤어드라이어, C는 핀과 스프레이, D는 브러시를 들고 나를 빙 둘러쌌다. B는 어젯밤 첫 비행을 다녀왔고 A와 D는 오전 11시 넘어 출발하는 첫 비행이 예정되어 있었고, C는 오후 비행기였다. 그러니까 다들 더 자야 했는데 내 아침 비행 시간에 맞춰 새벽에 일어나 와준 것이다. 어젯밤 다녀온 첫 비행에서 손톱 색깔과 머리 모양으로, 그리고 질문에 답변 하나를 잘못해서 사무장에게 호되게 주의를 받은 B에게 현장의 살벌함을 전해 듣던 동기들은 "내일 혼비는 화장이랑 머리 어떡하냐…… 완전 박살 나는 거 아냐?"라며 기수 최고 문제아를 절로 떠올릴 수밖에 없었

고 차마 두고 볼 수만은 없어 알람을 맞추고 잠들었다고
한다.

　아주 어렸을 때 엄마가 머리를 묶거나 땋아준 것을
제외하면, 미용실이 아닌 곳에서 타인에게 이렇게 머리
를 내맡긴 건 처음이었다. 고치는 게 아닌 처음부터 친구
가 해주는 화장도 처음이었다. 아직 햇빛도 끼어들지 않
은 조용한 새벽 5시. 다들 눈앞의 화장과 머리 만들기에
열중해 있었다. "잠깐만. 속눈썹 좀 집을게"라고 뷰러를
든 D가 말하면 머리를 맡은 셋이 잠시 손을 뗐고, 머리끝
에서 두피 쪽으로 거꾸로 빗질하여 볼륨을 넣던 A가 "여
기 드라이 한 번만 넣어줘" 하면 B가 드라이기를 들이댔
다. C가 동그랗게 만 머리를 미세 망에 넣고 무슨 의식
처럼 동서남북으로 U자 핀을 찔러 넣자 B가 성수라도
뿌리듯 스프레이를 뿌리고는 "됐다!" 하며 모두 손을 털
고 뿌듯하게 내 얼굴과 머리를 훑었다. 완벽했다. 매무
새도, 시간도, 그리고 무엇보다도 마음도. 오늘 설령 박
살이 날지라도 아무래도 좋다는 생각이 들었다. 이미 최
고의 날이었다. 어젯밤 챙겨둔 가방을 들고 캐리어를 끌
며 밖으로 나와 친구들의 격려 섞인 배웅을 받으며 버스
를 타러 갔다.

　덕분에 첫 비행은 무사히 끝났다. 삿포로는 추웠고,

이륙할 때 기체가 많이 흔들려 조금 무서웠다는 것을 빼고는 너무 순조롭고 매끄러워서 오히려 인상적인 게 별로 없을 정도였다. 그래서인지 집 앞 하늘에 대뜸 나타나 '첫 비행' 페이지를 펼쳐준 비행기가 지나가고도 한참 동안, 몇 대의 비행기가 더 지나가는 동안, 계속 내 머릿속을 맴돌았던 건 첫 비행 자체가 아니라 그날 새벽의 풍경이었다. 빗질에 따라 당겼다 풀어졌다 움직이는 두피, 양쪽 눈썹이 똑같이 그려졌는지 비교하느라 양쪽으로 왔다 갔다 하던 친구의 검은자위, 분주히 움직이며 뺨을 쓸던 솔의 감촉, 윙윙대는 드라이기 소리, 공기 중에 떠도는 스프레이 냄새, 캐리어 바퀴가 시멘트 바닥을 구를 때마다 손에 전해지는 진동, 등 뒤로 느껴지는 친구들의 눈빛, 그제야 조금씩 밝아오는 사위, 어쩐지 당당하게 펴지던 어깨, 그런 것들.

그러다 문득 깨달았다. 어쩌면 이런 것들이 흔히 말하는 '연대'의 감각 아닐까. 망했다는 생각에 손마저 얼어붙어 제대로 움직이지 못하는 순간 어디선가 갑자기 나타나는 손들 같은 것. 그 손들이 누군가를 필요한 형태로 만들어가는 과정 같은 것. 등 뒤로 따뜻한 눈빛들을 가득 품고 살짝 펴보는 어깨 같은 것. 누군가 박살날까 봐 걱정될 때 가만있지 못하는 것. 첫 비행이지만 공식적으로는 시범 비행이었던 날을 이렇게 넘긴 며칠 후, 두 번째 비행이지만 공식적으로는 첫 비행이었던 날에도 옆집에 살았고 훗날 나의 베프이자 룸메이트가 된 J가 새벽부터 찾아와 머리를 정성껏 만들어주었다. 그들이 아니었으면 무사히 넘기지 못했을 날들. 내 생애 가장 '여초' 회사였던 비행기 안에서 여자들끼리 익히고 배우고 나눴던 감각.

　　요즘은 비행기를 볼 때마다 이것에 대해 생각한다. 때로는 지치고 힘들어도 다른 여자들의 손을 빌리고 또 손이 되어주면서 우리가 계속 하늘을 날았다는 사실에 대해. 떠나간 여자들 뒤에 남은 이들은 어쨌거나 어디로든 계속 날아가야 하고, 서로의 비행을 응원하며 우리가 할 수 있는 건, 힘에 부쳐 주저앉아버린 순간에 문득 펼쳐볼 수 있는 다정한 기억들을 서로의 마음에 하나씩 쌓아 올리는 일인지도 모른다. 오늘도 비행기를 보면서 다정을 다짐했다. 비행기가 지나다니는 집이어서 다행이다.

○

어느 미니멀리스트의
시련

어쩌다 집에 놀러 온 친구들이 '정체가 밝혀지는 순간 당
장 도망쳐야 하는 국제 스파이나 살 법한 집'이라는 감
상평을 내놓았을 만큼 최소한의 짐만 갖고 10년을 살았
다. 한 시간 안에 커다란 캐리어 하나와 작은 핸디 캐리
어 하나에 다 쓸어 담을 수 있는 정도였다. 실제로 20대
중반부터 내 삶의 궤적은 국제 스파이와 조금 비슷한 구
석이 있었다. 전공과 직업의 성격상 주어지는 상황에 따
라 이 나라에서 저 나라로 옮겨 다녀야 할 일이 많았기
때문이다. 첫 4년간은 길게는 8개월, 짧게는 5개월을 옮
겨 다니며 살았고(여기서 말하는 '살았다'의 기준은 '집'이라

●

고 할 만한 고정된 나의 공간이 있고 월급 수령을 위해 새로 개설한 그 나라 은행 계좌가 있는 경우이다), 7년을 살았던 홍콩에서도 대학원에 다녔던 2년 반을 제외하고는 언제든 떠날 수 있다는 가능성을 항상 염두에 두며 살았다. 그러다 보니 나의 짐은 대개의 항공사 비행기 수하물 규정 무게인 큰 캐리어 25킬로그램과 핸드 캐리어 10킬로그램을 기준으로 유지되곤 했다. 여기서 넘치면 넘치는 만큼 항공사에 돈을 지불하는 것도 싫었고, 짐이 늘어나면 늘어나는 만큼 자주 꾸렸다 풀었다 하는 일이 더 귀찮아졌다.

나와 비슷한 처지에 있던 동료 중에는 언제 떠날지 모른다손 치더라도 일단은 정착민처럼 이것저것 갖추고 사는 걸 선호하는 쪽이 훨씬 많았다. 미래의 걱정 때문에 현재의 기쁨을 포기하지 않는 그들이 멋있어 보여 흉내도 내보았지만, 금세 깨달았다. 나는 미래에 닥칠 구체적인 걱정거리(수하물 규정 무게를 넘어서는 짐과 떠날 때 처분해야 하는 짐)가 늘어나면 현재의 기쁨도 줄어드는 사람이라 그렇게 살 수 없다는 것을. 걱정을 감수하면서까지 꼭 가지고 싶은 것도 별로 없었다. 그렇게 10년 동안 캐리어 두 개만큼의 세계 속에서 35킬로그램 미만의 무게와 함께 살았다. 속옷과 양말을 제외한 옷들은 스무 벌 이상 가져본 적 없고, 신발은 구두부터 운동화까지 다섯 켤레 이상 넘겨본 적이 없으며, 아이섀도와 립스틱은 늘 최대 두 종류를 번갈아 썼고, 장식품이라고 할 만한 건 추억하고 싶은 작은 물건들 몇 개가 전부였다. 책의 경우(책만큼은 한국의 부모님 집에 맡겨놓는 '창고 찬스'를 쓰긴 했지만) 중요한 몇 권 빼고는 떠나기 전에 현지에 사는 사람들에게 다 나누어 줬고, 심지어 홍콩에서 한국에 들어올 때는 논문을 위해 사들였던 피 같은 자료들마저 다 처분했다.

한국에서 드디어 '정착'이라는 걸 한 후에도 습관은 쉽게 바뀌지 않아서 은연중에 늘 살림의 무게를 마음속 저울에 달아보고 상상 속 캐리어에 넣어보며 쓸데없는 것들의 등장을 경계하곤 했지만, 결혼이 결정된 뒤 새집으로 부모님 집에 맡겨두었던 책장 세 개 분량의 책과 그에 못지않은 분량의 T의 책과 그 밖의 살림이 들어오면서는 나의 국제 스파이로서의 삶도 끝이 났다. 나의 '쓸데없는'의 기준이 지나치게 엄격하다는 걸 스스로도 알고 있어서(이를테면 신발이 다섯 켤레에서 일곱 켤레로 늘어날라치면 두 켤레를 '쓸데없는 것'으로 계산해버리는 식이었다), 의식적으로 '쓸모'의 범위를 도장 깨기 하듯 하나하나 넓혀갈 무렵, 갑자기 도장 몇 개를 한꺼번에 깨뜨려야 하는 일이 일어났다. 그것도, 미니멀리스트를 증오하고 그다음으로 비유법을 증오하는 게 틀림없는 어느 신이 "네 마음속에 아직도 쓸모의 표준규격처럼 남아 있는 캐리어를 부숴주마!" 선언이라도 하듯, 진짜 캐리어가 부서지면서 말이다.

T와 동행한 출장 겸 여행을 마치고 공항 수하물 벨트에서 캐리어를 내리는데 바퀴와 인접한 부분의 판이 깨져 있었다. 나와 10년간 세상을 누볐던 그 캐리어는 아니었고(그것은 한국으로 정착하러 들어오던 날, 이제 제 소임을 다했다는 듯 거짓말처럼 망가졌다), 친구가 결혼 선물로 사준 대형 캐리어로 신혼여행과 이번 출장, 이렇게 두 번의 아이슬란드 여행을 함께했다. 다음 날 바로 수리를 맡겼고, 며칠 후, 시차 적응에 여전히 실패해 오후가 되어서야 느지막이 일어난 나에게 T가 캐리어 소식을 전했다.

"담당자한테서 연락이 왔는데, 간단하게 고칠 수 있는 게 아니라서 망가진 건 본사로 보내고 대신에 새 걸 보내주겠대."

"그래? 무상으로?"

"응."

"우와, 잘됐다!"

가격이 몇십만 원 나가는, "캐리어 속 물건 다 합쳐도 이것 하나 값을 못 이긴다"며 농담 삼았던 캐리어였다. 부서진 부분뿐만 아니라 이곳저곳 끌고 다녔으니 여기저기 스크래치도 나 있고 자세히 보면 살짝 우그러든 부분도 있었는데 완전 새것으로 바꿔준다니 횡재가 아닐 수 없었다……는 나만의 생각이었다. T는 담당자에게 부서진 것도 같이 보내줄 수 없냐고 물었더니 그건 회사 정책상 안 된다고 했다며 "너만 괜찮으면 AS는 없던 일로 하고 그냥 부서진 걸 다시 보내달라고 하고 싶어"라고 말했다. 뭐라고? 새것 대신에? 부서져서 쓸 수도 없는데?(제정신이야?) 나의 의문은 점점 미래로 확장하며 늘어갔다. 그럼 나중에 여행갈 때는? 새 캐리어를 또 사? 추가 지출도 지출이지만 그럼 좁은 집에 그 커다란 캐리어를 두 개나 두고 살자고?(제정신이야?) 대체 왜?(제정신이 아니야!)

"그거, 우리 신혼여행 따라갔다 온 거잖아."

"근데?"

"근데라고? 그걸로 설명이 안 돼? 이번 출장에서 너랑 거의 한 달을 끌고 다닌 것만으로도 추억이 한가득한데, 무려 신혼여행도 함께한 애라고. 우리의 두고두고 기념할 만한 중요한 사건, 인생에서 절대 못 잊을 순간들을 함께한 애라니까?"

이어서 T는 신혼여행 막바지에 아이슬란드에서 핀란드로 넘어갔을 때 항공사의 실수로 저 캐리어만 혼자 스웨덴으로 가는 바람에 이틀을 애타게 기다렸다가 호텔 로비에서 극적으로 다시 조우했던 순간에 관해 이야기했다. 조금만 늦은 시간에 도착해도 적막과 정적이 은은한 별빛들 사이로 감도는 아이슬란드의 낯선 마을들을 오직 캐리어 바퀴 굴러가는 소리만을 들으며 한참 걸었던 순간, 탁자도 없는 좁디좁은 방에 묵었을 때 캐리어를 식탁 삼아 테이크아웃해온 음식들을 잔뜩 늘어놓고 보드카를 마셨던 순간에 관해서도. T가 이야기하면 할수록 캐리어와 함께했던 순간순간들이 생생하게 떠오르며 애틋한 마음이 커져갔고 우리의 소중한 기억들 전부가 그 캐리어에 고스란히 담겨 있을 것만 같……지 않았다 전혀. 기억들은 우리 머릿속에 담겨 있다고! 캐리어는 그냥 캐리어일 뿐이라고! 왜? 그런 식으로 따지면 신혼여행 때 함께했던 옷신발양말가방모자시계아이폰아이폰충전기선글라스노트독서등도 다 평생 간직해야겠네?

……라고 낭만도 피도 눈물도 없는 10년 차 미니멀리스트의 사고회로가 발동했지만 말하지는 않았다. 평

소 T에게 몇십만 원은 결코 적은 돈이 아니었다. 게다가 보내준다는 새것을 마다한다면, 우리의 평소 경제 관념과 행동 범위 안에서 이렇게 비싼 캐리어를 또 사서 쓸 일은 없으리라는 것을 T도 잘 알았다(그리고 그것이 바로 친구가 우리에게 그 캐리어를 선물한 이유이기도 했다). 마음에 드는 브랜드의 캐리어를 사용할 기회도 잃고, 몇십만 원도 잃는 이 셈법이 얼마나 이상한지도 잘 알았다. 그럼에도 포기할 수 없을 정도로, T에게 그 부서진 캐리어는 무엇과도 바꿀 수 없는 어떤 것이었다. 그 마음이 전해지니 T에게서 그걸 빼앗고 싶지 않았다. 쓸데없는 물건도 누군가가 이토록 사랑한다면 쓸데없는 물건이 아닌 거였다. 아니, 다 떠나서! T가 캐리어를 은연중에 '애'라고 표현하는 순간, 이건 그냥 끝난 것이다! 어휴, 그래, 뭐, 돈은 됐고. 우리가 당장 여행을 갈 것도 아니고, 그래서 당장 새것을 살 것도 아니고, 원래 있던 자리에 캐리어가 고대로 돌아오는 거니까 비좁은 공간 걱정도 나중에, 그때 가서 하자.

"그래, 그렇게 해."

나의 흔쾌한 동의에 T는 대단히 기뻐하며 담당자에게 전화를 했고, T의 뜻을 전해 들은 담당자는 대단히 당황하며 자신이 이해한 바가 맞는지 거듭 확인한 끝에

○

이런 경우는 처음이라며 "정 그러시다면……"이라고 말 끝을 흐리면서 부서진 캐리어를 다시 보내주기로 했다. 옆에서 그 통화를 듣고 있으려니 강한 '현타'가 밀려왔다. 아, 이렇게 내 인생 최고로 쓸데없는 데다가 부피까지 큰 물건을 집에 들이는구나. 게다가 그게 다른 것도 아니고 캐리어라니. 지난 세월을 캐리어 크기만큼의 세계 속에서 살아온 내가 바로 그 캐리어 크기만큼의 쓸데없음을 받아들이게 된 이 상황이 인생의 거대한 농담 같아서 심란한 와중에 웃기기도 했다.

하지만 거대한 농담이 하나 더 기다리고 있을 줄은 몰랐지. 다음 날, "본사에 신혼여행의 추억이 깃든 소중한 물건이라 새것 대신 망가진 걸 그냥 받겠다는 고객님의 뜻을 전했더니 모두 크게 감동하셔서 정책상 사실 안 되지만 고객님의 물품과 함께 새 상품도 보내드리기로 결정하였습니다"라는 메시지가 온 것이다. 뭐라고? 그래서 지금 대형 사이즈 캐리어 두 개가 함께 올 거라고? 맙소사. 그 회사는 뭐 산신령이야? 지금 이거 금도끼 은도끼야? T는 정말 감사하다며 담당자에게 신경 써서 고른 기프티콘을 선물로 보내고 있었고, 저렇게 한쪽에서는 따뜻하고 아름다운 휴먼 드라마가 펼쳐지고 있는데, 낭만도 피도 눈물도 없지만 캐리어는 두 개나 갖게 된

○

미니멀리스트는 이걸 좋아해야 하는 건지 말아야 하는 건지 애매한 기분에 휩싸인 채로 머리를 싸맸다. 이게 뭐야!

하지만 결과적으로 캐리어 두 개가 오면서 나는 쓸데없는 물건들에 한결 관대해졌다. T가 이런저런 이유로 차마 버리지 못하는 물건들과(그렇다, 그에게는 너무나 이유가 많았다!), 옛날 같았으면 '쓸데없는 것'으로 분류했을 법한 실용적이지는 않으나 삶을 조금 즐겁게 만드는 물건들도 기꺼이 집에 들여놓기 시작한 것이다. 물론 10년 묵은 습관이 갑자기 바뀌었을 리는 없고, 머릿속에 새로운 계산이 들어선 덕분이다. 나중에 여차하면 쓸데없는 모든 것들을 저 쓸데없는 캐리어 하나에 다 집어넣으면 되겠다는(이 글이 책으로 나오면 T에게 이 속내를 들키겠군). 캐리어 크기만큼의 세계에서 캐리어 크기만큼의 '쓸데없는' 세계로 진정 넘어온 것이다. 솔직히 또 다른 재미가 있다는 걸 부인할 수 없다. 특히 나는 우주와 부처상이 테마인 물건을 보면 맥을 못 춰서 액세서리나 포스터는 물론이고 집에 수면등만 해도 '행성램프'와 '약사여래기도등' 이렇게 두 개가 있다. 몇 개의 장난감을 소중히 간직하고 추억이 깃든 술병도 모아놓는다.

그럼에도 여전히 나는 마음에 쏙 들어서 갖고 싶은

노트를 발견했을 때 자동으로 집에 있는 노트의 재고부터 헤아리는 사람이다. 이미 충분한 양의 노트가 있다면 아무리 마음에 들어도 그 노트를 사는 건 기쁨이기보다 부담이 된다. 있는 노트 한 권을 부지런히 다 써서 그노트를 들여놓을 자리가 생겼을 때 새 노트를 사야 비로소 온전하고 안정적인 기쁨을 얻는다. 그때 가서 그 노트를 놓치게 되더라도(인연이 아닌가 보지 뭐). 아이폰13이 나온 시대에 나의 아이폰6가 여전히 잘 버텨주고 있는 게 뿌듯하고, 사계절 옷이 옷장 두 개에 다 들어가는 분량이라 계절마다 옷 정리를 할 필요가 없어진 게 기쁘다. 이런 기질이 낭만도 멋도 없는 것 같아서, 쓸데없는 것들과 알콩달콩 살 줄 아는 재미를 모르는 것 같아서, 쓸데없는 것들을 기어이 쓸 데 있는 것으로 만드는 극진한 사랑이 부족한 것 같아서 마음에 안 들지만 어쩌겠는가. 넘쳐흐르는 것보다 약간 부족한 듯싶게 재고와 필요의 짝을 맞춰나가는 게 더 즐거운 것을. 정말이지 저 캐리어 덕에 그나마 살았다.

○

wkw/tk/1996@7'55"/hk.net

취업과 동시에 나의 거취가 홍콩으로 정해졌을 때 나를
아는 사람 대부분은 일단 웃음부터 터뜨렸다. 그건 내
가 술을 소재로 한 책을 냈을 때의 반응, 그렇게 마셔 대
더니 기어이 책까지 썼구나,와도 비슷했다. 그렇게 홍콩
영화를 봐재끼더니 기어이 홍콩에 가서 살기까지 하는
구나. 어이없다, 진짜, 으하하하.

　A만은 조금 달랐다. 그는 내가 홍콩 회사에 지원서
를 낸 시점에서부터 이미 고개를 절레절레 흔들었다.

　"역시 넌 오우삼 같아. 뭐든 좀 지나쳐."

　그것은 A와 나의 오랜 역할극이었다. 우리는 주성

치 팬클럽 비스무리한 인터넷 커뮤니티에서 처음 만났다. 주 성 치. 주성치라는 이름을 타이핑하는 것만으로도 마음 깊숙한 곳 어딘가에 남아 있는 20대 시절 감성들에 일제히 반짝반짝 불이 들어오는 것만 같다. 가끔 주성치 팬을 자처하는 우리 또래의 누군가가 과거를 회고하며 '주성치를 좋아한다고 말하면 받아야 했던 무시'에 관해 언급하면 난 좀 의아해진다. 대중을 놓고 보면 그랬을지 몰라도, 영화 좀 본다고 하는 이들 사이에서 그는 성역이었다. 아시아의 컬트였고, 언더독의 영웅이었으며, 고상 따위 집어치우고 B급을 지향하는 '힙 터지는' 존재였다. '대중의 무시'까지도 당연히 '힙'의 영역이었다. 몇몇 홍콩 셀럽의 팬이었던 내가 가장 자랑스레 말할 수 있는 이름이기도 했다.

애매한 건 오히려 오우삼이나 왕가위 팬이었다. 대중적 인기는 물론 마니아 또한 많았지만 그 반작용으로 무시와 놀림을 받기에도 좋았다. 그 시절에도 이미 '진정성'은 '힙'에서 탈락 조건 1순위였는데, 슬렁슬렁 쿨한 주성치에 비해 그들은 다른 방식으로 지나치게 진정성 넘쳤다. 대사, 분위기, 앵글, 음악 등 모두 과잉되게 센티멘털했다. 오우삼은 대책 없이 비장하고 정의로웠다면 왕가위는 무턱대고 공허하고 고독했다. 오우삼의 저

편에는 두기봉, 왕가위의 저편에는 관금붕이라는 아름
답고 단단한 세계 또한 있었다. A와 내가 친해진 계기
도 그 아름답고 단단한 세계를 함께 찬탄하면서였다(물
론 장소는 '천리안'이었다). 두기봉과 관금붕의 영화를 거
의 신(scene) 단위로 분석해가며 새벽까지 한창 이야기
를 나누던 중, 누가 먼저랄 것도 없이 불쑥 쑥스러운 고
백을 하게 된 것이다.

A: 근데…… 두기봉을 정말 좋아하지만 솔직히 사
랑하는 건 오우삼이야…….

나: 〈연지구〉 〈지하정〉 〈완령옥〉 진짜 줄줄이 다 최
고인데, 역시 내 영혼을 직통으로 건드리는 건 〈타락천
사〉와 〈동사서독〉이야…….

우리는 '힙'은 고사하고 '뽕'끼에 취약한 서로의 취
향을 확인하고 크게 웃었다. 그냥 그렇구나 하고 쿨하게
넘어가지 못하고 "그럼 오우삼이랑 왕가위 중에는 누
가 더 좋아?"라는 질문을 굳이 던진 것에서 우리는 이미
'힙'의 싹수조차 없었다. 그 일생일대의 질문에서 오랜
고민 끝에 나는 가까스로 오우삼을, A는 왕가위를 골랐
고, 이때부터 우리는 서로를 놀리는 일종의 '기믹'을 나
눠 갖게 됐다. '오우삼-왕가위 게임'의 시작이었다. A는
오우삼의, 나는 왕가위의 낯부끄러운 점을 꼬집어서 놀

렸고, 거기에 별점 대신 벌점을 매기곤 했다. 우리가 그들을 그토록 사랑하는 건 바로 그 낯부끄러운 부분들이었으므로 이 놀이는 애정을 확인하고 다지는 우리만의 모종의 의식이었고, 우리가 1990년대와 2000년대를 기억하는 일종의 표식이었고, 그들의 궤적을 따라 30년의 세월을 함께 건너는 지고한 방식이었다.

A가 오우삼에게 매긴 벌점은 주로 허무맹랑한 스타일과 그 스타일에 대한 과도한 집착에서 비롯됐다. 이를테면 오우삼 월드가 아직 비둘기에 잠식당하기 직전 영화인 〈영웅본색〉, 그중에서도 그 유명한 풍림각 쌍권총 신에서, 한참 우아하게 총을 쏘아대던 주윤발은 총알이 다 떨어진 총을 바닥에 버린 후 화분 속에 미리 숨겨둔 새 총들을 꺼내 사격을 계속 이어나간다. 마치 춤을 추는 것 같은 주윤발의 유려한 몸놀림과 슬로모션이 빚어내는 아름다움도 인상적이지만, 이 장면에서 주목해야 할 포인트는 이때까지만 해도 오우삼의 영화에서 총알이 떨어지긴 했다는 사실이다. 어느 순간부터 오우삼의 총격 신은 총알이 절대 떨어지는 일 없는 무한탄창액션 판타지의 세계로 넘어갔기 때문에. 게다가 10년 뒤, 그가 할리우드에 진출해서 다섯 번째 작품으로 전쟁영화 〈윈드토커〉를 연출하는 바람에, 그 무한탄창 총이 무

려 2차 대전에서까지 쓰이는 무시무시한 상황까지 보게 되었다…….

총 이야기에 쌍권총을 빼놓을 수 없다. 오우삼이 너무나 사랑해서 그의 거의 모든 영화에 등장하는 그것. 심지어 서기 208년이라는 시대적 배경상 총이 절대 나올 수 없는 영화 〈적벽대전〉에서 쌍권총 대신 기어이 쌍칼이 등장했을 때 나는 두 손으로 얼굴을 감싸 안아야 했다. 밀려드는 감동에 앞서 터져 나오는 웃음. 숨죽이느라 쓰러질 뻔했다. 이런 아이스크림도 쌍쌍바만 잡수실 양반 같으니. A의 벌점이 두둑했던 건 물론이었다.

비둘기는 또 어떤가. 〈첩혈쌍웅〉에서 처음 비둘기를 볼 때만 해도 오우삼의 영화에서 걔들을 그렇게 오래, 계속 보게 되리라고는 꿈에도 몰랐다. 장장…… 30년이다……. 1990년대 중반까지 주야장천 그의 영화 속에서 날아다니다가 〈페이스 오프〉와 〈미션 임파서블2〉에 가서는 할리우드의 창공까지 날아오르는 비둘기 떼를 보면서 이제 약간 포기하는 마음과 미국에서 보니 또 반가운 마음이 섞이며 만감이 교차했다. 2020년대를 코앞에 두고 오우삼이 작정하고 부려본 듯한 1980년대의 고집으로 점철된 영화 〈맨헌트〉의 경우, 아예 영화 포스터에 비둘기를 넣은 것을 보고 '감독님, 진짜 작정하셨군요……'라고 살짝 놀리는 마음으로 보기 시작했다가, 그 동안 그의 영화 속에서 늘 배경이었던 비둘기가 처음으로(!) 극의 서사에 직접적으로 관여하는 대목에서 갑자기 눈물이 핑 돌아서 당황했다. 영화는 정말 산만하고 엉성하기 그지없었고, 얼마 없는 관객들이 이곳저곳에서 조용히 실소를 터트렸을 정도로 비둘기 등장 신 또한 뜬금없고 웃겼는데도 말이다.

내가 〈맨헌트〉를 보다가 울었다는 이야기를 나중에 전해 들은 A는 "역시 넌 오우삼이야!"라고 한참을 깔깔대며 놀렸지만, 야, 생각해봐. 비둘기가 30년 만에, 30년 만에 이야기에 끼어들었다고! 그리고 새삼 따져보게 됐는데 오우삼이 이제…… 일흔이 넘었더라고. 일흔이 넘은 오우삼이 〈맨헌트〉에서 집요하게 담아내려 했던 것들, 무척 간지러운 단어이지만 1980~1990년대의 '순정'이라고 해도 좋을 그것이 이제는 그가 따라가지 못하는 2020년대의 감각과 충돌하며 시대착오적으로 새겨진 이 영화는 나에게 아픈 손가락이 되었다. 왕가위의 〈일대종사〉가 나온 시점에서 이미 대세가 완전히 기운 우리의 게임(정작 A는 〈일대종사〉를 별로 좋아하지 않았지만)에 최종 판결을 내려주는 영화이기도 했다.

잠깐. 여기까지 적고 보니 내가 A에게, 그러니까

오우삼이 왕가위에게 일방적으로 늘 밀린 것 같지만 그렇지는 않다. 왕가위는 게임이 시작도 하기 전에 〈춘광사설〉과 〈화양연화〉로 나에게 '평생 까방권'을 얻은 거나 마찬가지였기에 불리한 싸움이었지만, 그가 세기말 직전에 찍은 영화 하나가 벌점을 미리 크게 벌어놓은 덕에 제법 비슷한 스코어로 버틸 수 있었다. 왕가위는 1996년 일본의 디자이너 다케오 기쿠치의 광고를 찍으며 CF버전과 별개로 단편을 만들었는데(이듬해 서울단편영화제 개막작으로 상영되었다) 막문위와 아사노 다다노부를 주인공으로 7분 55초짜리 영화를 찍고는 이런 제목을 붙였다. 'wkw/tk/1996@7'55"/hk.net' 음, 이거면 왕가위 이야기는 더 안 해도 될 것 같다. 무심한 듯 영상 정보를 나열한 걸 단편 제목으로 삼은 것만큼이나 영화도 무심한 듯 이미지를 나열하는 방식으로 왕가위 특유의 세기말적 감수성이 폭발하는데 IMDB 사이트에 한 줄 올라와 있는 줄거리마저도 너무 왕가위적이다.

"일본인–중국인 커플이 놀다가 서로 총을 쏜다."

○

뿌팟뽕커리의
기쁨과 슬픔

나에게 뿌팟뽕커리는 겹벚꽃 같은 것이다(써놓고 보니 어쩐지 단어 생김새도 'ㅂ'과 'ㅍ'이 겹겹으로 피어난 겹벚꽃 같아서 좀 반갑다). 뿌팟뽕커리를 먹을 때마다 어김없이 한데 겹쳐져 떠오르는 두 사람이, 따뜻한 봄날 길가에서 마주치는 벚꽃과 무척 닮은 존재들이어서 그럴 것이다. 많은 봄꽃이 보는 것만으로도 가슴 한가득 달콤한 설렘을 안겨준다면, 그중에서도 벚꽃은 유독 아스라하게 달콤하고 아스라하게 설렌다. 지금 꽃을 보며 느끼는 이 황홀이 저 머나먼 과거 어딘가에서 떠내려온 것만 같고, 달콤하고 설레는 감정의 테두리에는 늘 적적한 그리움이 배어 있

171

다. 이런 심상을 불러일으키는 사람들이 나에게는 있다.

벚꽃1: 기쁨

V는 미국에서 만난 태국인 친구이다. 모임에서 그를 처음 소개받았을 때 우리가 그렇게 친해질지, 각자의 나라로 헤어진 이후에도 바다를 건너 몇 번을 더 만나고 20년 남짓 연락을 이어갈지 상상하지도 못했다. 그도 나도 누군가에게 곁을 쉽게 내어주는 편이 아니었고, 서로가 그렇다는 것을 단번에 알아봤기에 신중하게 선을 지켰기 때문이다. 선을 넘은 건 나였다. 당시 나를 괴롭히던 고민거리를 털어보고자 늦은 밤에 무작정 걷다가 V의 집 근처에 닿았고, 창문 너머로 분주히 왔다 갔다 하는 V의 실루엣을 보자마자 문득 그가 보고 싶어져 무작정 초인종을 눌렀던 것이다. 놀라서 문을 연 V는 뭔가 심상치 않은 일이 내 안에서 벌어지고 있다는 걸 눈치 빠르게 알아챘고 "저녁도 아직 못 먹었지? 마침 요리하던 중이었는데 같이 먹자"라며 식탁을 차리고 맥주를 꺼내왔다.

생전 처음 보는 음식 세 가지가 지독히 낯선 향을 풍기며 식탁에 올라왔다. 그때까지 나는 동남아의 다른 나라 음식을 먹어본 적이 없었다. 베트남 쌀국수니, 인도네시아 미고랭이니, 말레이시아 락사 같은 걸 먹게 된 건 그로부터도 몇 년 후였다. V가 음식을 차례대로 가리키며 소개해줬는데, 똠양꿍(가장 유명한 태국 음식이지만 그땐 그렇게 대중적인 음식인 줄도 몰랐다), 얌카이다우(계란과 새우를 넣고 태국식 소스를 뿌린 샐러드), 쁠라떳(태국식 생선구이) 같은 이름이 V의 입에서 그가 태국어를 쓸 때마다 섞여들곤 하는 특유의 비음과 함께 굴러 나올 때마다 기분이 좋아졌다. 하나하나 따라서 발음하다 보니, 살면서 한 번도 써보지 않았던 방식으로 혀가 구부러졌다가 입천장과 만나는 느낌이, 살면서 한 번도 내보지 않았던 높이의 음을 넘나들다가 꺾는 느낌이 새로워서 더욱 기분이 좋아졌다. 내 발음을 흐뭇한 얼굴로 들으며 잘한다 잘한다 하다가도 "그럼 나 태국에서 이렇게 주문하면 현지인들도 알아들을까?"라고 물으면 "Nope"이라고 단호하게 답하는 V가 좋았다.

그날 우리는 밤을 꼬박 새우며 아홉 시간 넘게 이야기를 했다. V도 마침 마음이 굉장히 힘들던 와중이었다고, "그래서 시내까지 나가 태국 마켓에서 재료들을 잔뜩 사온 거야. 늘 이렇게 요리해 먹지는 않아"라며 자신의 고민을 털어놓았다. 한참 시간이 흐른 후에도 우리는 가끔 그날을 함께 추억하곤 했는데 그럴 때마다 여전히 믿기 힘들다는 듯 고개를 절레절레 흔들었다. 내밀한 속 이야기를 여간해서는 남에게 꺼내지 않는 우리의 성향, 평소 우리가 서로를 대하던 격의 있는 태도, 자기 집에 타인을 잘 들이지 않고 타인의 집에도 잘 가지 않는 우리의 원칙을 생각해보면 참으로 있기 힘든 날이었고, 그래서 잊기 힘든 날이었다. 너무 기습적으로 만난 데다가, V는 아무도 밟지 않은 눈밭 위에 첫발자국을 찍는 것처럼 누군가의 인생에 첫 태국 요리로 기록될 음식을 선보인다는 것에 좀 흥분해 있어서, 나는 그 지독히도 이질적인 음식들에서 평소에 나와 별 차이를 느끼지 못했던 V가 사실 전혀 다른 세상에서 살아온 사람이라는 새삼스러운 실감과 함께 그런 우리가 어떻게 여기서 이렇게 만났을까라는 아련한 기분에 젖어 있어서, 둘 다 한껏 말랑말랑해진 상태로 사회적 가드를 잠시 내려놨던 것 같다. 그렇게 V가 삶에 들어왔다.

그날 이후 V의 집에서 종종 만난 태국 음식의 세계는 놀라웠다. 고수를 비롯한 각종 향신료, 피시소스를 비롯한 각종 소스, 그것들을 넣어 볶고 튀기고 무쳐서 만든 모든 음식이 내 미뢰가 꿈꿔왔던 맛을 그대로 구현해낸 것 같았고 아무리 먹어도 질리지 않았다. 먹을 때마다 설렜고 먹다 보면 온갖 이야기들이 혀끝에서 줄줄 흘러나

왔다. 밤새 먹고 마시고 이야기하고 같이 영화나 무에타이 영상을 봤던 그 시간들. 그날, 이래도 될까, 조금 떨리는 마음으로 초인종을 눌렀던 그 순간 열린 커다란 세계. V의 집 초인종 앞에서 나는 늘 단단한 기쁨을 느꼈다.

벚꽃2: 슬픔

그로부터 몇 년 후, 나는 일본에서 일하고 있었다. 예정된 근무 기간은 7개월이었다. 회사에서 유일한 외국인이라고 동료들이 살뜰히 챙겨준 덕에 일본 생활에 금세 적응했다. 그룹의 리더 격인 그가 늘 내가 겉돌지 않게 세심하게 신경 써주었기 때문이다. 그가 나를 좋아한다는 건 슬쩍슬쩍 그의 마음을 전해준 동료들이 아니어도 진작 알고 있었다. 나도 K를 처음 만난 그 순간부터 주의 깊게 지켜보고 있었으니까. 그는 영어가, 나는 일본어가 서툴러서 우리가 나누는 대화는 외국어 회화책에 나오는 피상적인 수준에 그칠 뿐이었지만, 어쩌다 그가 나를 바라보는 눈빛을 보면 조그만 힘이 손에 쥐어지는 것 같았다. 누군가에게 사랑받고 있다는 걸 확인할 수 있는 눈빛이었다. 둘을 감싸곤 했던 어떤 설렘과 긴장이 일상을 조금씩 방해하는 정도에 이르렀을 때 나는 당시에도 일주일에 한 번쯤 메신저로 대화를 나누곤 했던 V에게 SOS를 쳤다.

나 정말 좋아하는 사람이 생겼는데 어떡해야 할지 모르겠어!

V는 K가 어떤 사람인지 무척 궁금해했다. 나 역시 K가 어떤 사람인지 V에게 정확히 알려주고 싶어 안달이 나 있었다. 정확히 설명하기 쉽지 않은 유형이었다. 이목구비가 또렷하다 못해 진하게 생긴 한국의 1970~1980년대 미남형 얼굴에 저음의 목소리가 겹쳐 살짝 느끼한 타입이었는데, 본인도 자신이 그렇다는 걸 잘 알고 있어서 약간의 과장이 섞인 제스처를 더해 '느끼한 남자' 연기를 천연덕스럽게 하는 것으로 곧잘 사람들을 웃기곤 했다. 싫거나 부담스럽지 않은, 유쾌하고 부드러운 느끼함은 사람들에게 어필하는 매력이 될 수 있다는 걸 K를 보고 처음 알았다.

문제는 이 '느끼함'의 미묘한 뉘앙스를 영어로 전달하기가 어려웠다. V가 'cheesy'라는 단어를 제시했지만 나는 그 단어에 함께 묻어 있는 '오글거리다'의 뉘앙스가 싫었고, 그렇다고 'oily'는 너무 번들번들한 느낌이었다. 그런 언어의 장벽에 부딪혔을 때 내가 자주 쓰는 방식은 비슷한 성질을 가진 무언가에 빗대서 설명하는 것

이었다. 딱히 비유법을 쓰고 싶지는 않았지만, 어휘가
부족하면 어쩔 수 없었다. 그리고 나는 마침내 V가 한
번에 알아들을 만한 비유를 찾아냈다.

"찾았어! K는 뿌팟뽕커리 타입이야. 치지도 아니고
오일리도 아니고 '뿌팟뽕커릴-리'!"

V는 내가 뿌팟뽕커리의 짭조름하고 살짝 맵싸한
맛의 베이스에 섞인 코코넛밀크의 느끼함을 얼마나 사
랑하는지 알았고 그 달콤하게 향긋하고 부드러운 느끼
함이 얼마나 특별한지는 V가 나보다 더 잘 알고 있었기
에 "뿌팟뽕커리 같은 완벽한 인간이, 그것도 남자가 세
상에 있다고?"라는 지극히 합당한 의구심을 표하면서도
내 말을 온전히 이해했다. 그날 K에 관한 이야기만 한
시간 넘게 했던 것 같다. 긴 이야기 사이사이에, K라는
사람 참 괜찮다 괜찮다 하며 듣던 V였지만, 대화가 끝날
무렵 내가 "그럼 K와 좀더 진지하게 만나볼까?"라고 물
었을 때는 단호하게 답했다. Nope.

"넌 곧 떠날 사람이잖아. 몇 달 후에 본사로 돌아가
면 그 후엔? 장거리 연애? 같은 아시아권이면 몰라도 시
차도 완전 다른 곳에서 너희는 의사소통도 잘 안 되는
데…… 게다가 네 성격에 장거리 연애는 안 맞아, 절대.
미스터 뿌팟뽕은 그냥 놔줘. 네가 일본에 정착할 게 아

니라면."

어느 날 불쑥 고백한 K 앞에서 쩔쩔맸던 건 꼭 V의 조언 때문만은 아니었다. '사귀고 싶다'라는 의미의 영어 표현을 몰라서, 그렇다고 일본어로 말하면 내가 못 알아들을 게 분명해서, K의 말은 그답지 않게 짧고 직선적이었다. I want to be your boyfriend.

그즈음 나에게는 이미 답이 있었다, '사귀어서는 안 된다'라는. 물론 나도 그가 정말 좋았다. 지난주보다 이번 주에, 어제보다 오늘, 아까보다 지금 그가 무럭무럭 더 좋았다. 사귀어서는 '안 된다'고 다짐했다는 건, 다짐이 필요할 정도로 사귀고 싶다는 말이니까. 하지만 V의 말이 옳았다. 내 마음을 꺼내어 펼쳐놓은 말 같았다. 누구보다 나 자신이 제일 잘 알고 있었지만 애써 듣지 않으려 했던 마음의 소리. 난 3개월 후면 떠나야 했고, 아무리 머리를 굴려봐도 나에게 예정된 미래는 일본 땅을 벗어나기 힘든 그의 미래와 겹칠 수 없었다. 예정된 노선에서 이탈하는 모험을 하기에는 그 예정을 만들기까지 해온 노력과 그 예정이 만들어줄 안정을 나는 더 사랑했다. 이런 마음으로 미래를 기약할 수 없는 깊은 관계를 만들고 싶지 않았다.

쩔쩔맸던 가장 큰 이유는 막상 이 모든 이야기를 일

본어로 설명하려고 하니 시작부터 막혀서였다. 기약? 관계? 기약할 수 없는 관계? 일본어로 대체 뭐지?

그런 언어의 장벽에 부딪혔을 때 내가 자주 쓰는 또 다른 방식은 쉬운 단어를 조합해서 어떤 예시를 만들어 낸 후 거기에 빗대서 설명하는 것이었다. 역시 비유법을 쓰고 싶지는 않았지만, 과연 비유가 잘 전달될까 불안했지만, 어쩔 수 없었다. 떨리는 목소리로 조심조심 말을 뗐다.

"있잖아, 나는 요즘 전자레인지가 없어서 무척 불편해. 물론 이제라도 사면 되겠지만, 나는 석 달 후면 일본에 없는데, 그 석 달 행복하자고 어차피 버리고 가야 할 비싸고 커다란 물건을 만들고 싶지 않아. 그래서 가장 필요한 건데도 못 사. 잠깐 참는 게 낫다고 생각해. 음…… 그러니까 너는 나한테 전자레인지 같은 거야. 함께하면 석 달 동안 무척 행복하겠지만 결국 남겨두고 가야 하는데…… 그건 너무 힘든 일이 될 거야."

서툰 일본어로 저렇게 말한다고 말했지만 정확히 말한 건지는 지금도 모른다. K의 얼굴에 알 듯 말 듯한 표정이 떠올랐다. 이해할 시간이 필요했는지 한참을 서 있던 그는 그저 알겠다며 돌아섰다. 점심시간은 거의 끝나 있었고 오후 근무를 무슨 정신으로 마쳤는지 모른다.

그날 저녁, 누군가 기숙사 방문을 두드렸다. 열어보니 K가 서 있었다. 박스에서 막 꺼낸 것 같은, 투명 비닐로 감싼 전자레인지를 들고서.

"나중에 나 주고 가면 되니까…… 석 달이라도 행복했으면 좋겠어서."

그가 건네는 전자레인지를 엉겁결에 받아드는데 약간 혼란스러웠다. 이어질 말을 기다렸지만, 계속 기다렸지만, 그는 그렇게 또 한참 서 있다가 "무겁겠다"며 내 손에서 전자레인지를 다시 받아 바닥에 내려놓고는 돌아갈 채비를 했다. 그를 붙잡아놓고 묻고 싶은 말들이 머리를 가득 메웠는데 정작 말이 되어 나오는 건 고맙다, 잘 쓰겠다, 내일 보자 이런 말뿐이었다.

K의 속내를 전해 들은 건 며칠 후였다. 우리의 회사 동료이기도 한 K의 룸메이트에게서였다. K는 내가 그의 고백에 대해서는 답을 피하고(그래서 그는 거절이라고 생각했다), 전자레인지가 어떻고 저렇고 다른 이야기만 계속했다며(그는 내가 지나치게 당황해서 딴청 피우는 거라고 생각했다), 술을 잔뜩 사 들고 들어가 실연을 보고했다고 한다. 으이그, 내 그럴 줄 알았지. 뭔가 오해가 있는 것 같더라니. 룸메이트를 통해서라도 사실을 바로잡을까 하다가 그만두었다. K는 이미 전자레인지를 샀고

K와 짧은 연애를 하지 않는 게 좋겠다는 나의 답은 변함없었으니까. 이런 내 마음도 모르고 룸메이트는, K를 4년 넘게 지켜봤지만 걔 어느 때보다 진심이라고, 굉장히 진지하다고, 다시 생각해보면 안 되겠냐고 조심스레 물었다. 으이그, 내 그럴 줄 알았지. 바로 그게 문제라고…… 너무 진심이고 너무 진지한 거. 가벼웠다면 나도 가벼울 수 있었을까?

그 후로 전자레인지를 돌릴 때마다 생각했다. 사실 K가 전자레인지를 들고 나타난 그날 저녁, 그 5분도 안 됐던 짧은 순간에, 나는 그가 "석 달 동안 전자레인지가 있으면 행복할 테니까, 석 달 동안 우리도 함께 행복하면 좋겠어"라고, 사귀자고 다시 한번 말해줄지도 모른다고 기대했다. 기다렸다, 그 말을. 그러자고, 좋다고, 기쁘다고 답해야지 마음먹고서는. 만약 내가 좀더 잘 설명했더라면, 내 비유가 잘 전달됐더라면, 그래서 그가 비유를 비유로 받아치며 그렇게 말했다면, 우리는 어떻게 됐을까? 전자레인지 덕에 편하면 편할수록 내가 지레 포기하고만 우리의 특별한 석 달이 자꾸 생각났다. 그렇게 석 달이 두 달이 되고 두 달이 일주일이 될 때까지 생각만 하다가 일본 생활은 끝이 났다. 전자레인지 앞에서 나는 늘 조용히 슬펐다.

○

어쩌면 이건
나의 소울푸드

첫 만남이 유독 생생하게 기억나는 음식들이 있다. 예닐 곱 살쯤 연근조림을 처음 먹었을 때 그 찌그러진 수레바 퀴 같은 불길한 생김새만큼이나 아삭대면서도 끈적하 게 달라붙는 맛이 어쩐지 기분 나빠 몇 번 못 씹고 뱉었 다거나(지금도 연근조림을 싫어한다), 엄마가 처음으로 컵 라면을 말아줬을 때 뜨거운 물을 붓기만 하면 몇 분 만 에 눈앞에서 그렇게 맛있는 음식이 완성된다는 것에 경 이를 느꼈다거나(지금도 컵라면의 경이에 종종 감탄한다) 하는 기억들. 시리얼도 그런 강렬한 음식이다. 초등학교 에 막 입학한 무렵이었나. 광고에서나 봤던 시리얼 박스가 우유와 함께 아침 식탁에 놓여 있는 걸 봤을 때 좀처럼 믿기지 않았다. 무척 갖고 싶었지만 엄마가 사주지 않을 게 뻔해서 조르지도 않았던 장난감이 어느 날 짠하고 나타난 것과 다름없었다. 그때 누군가 내 얼굴을 봤다면 '눈이 휘둥그레져 있었다'라고 묘사했을 것이다.

두말할 것도 없이 맛있었다. 대접에 한가득 따른 우유 위에 시리얼을 부으면서부터 시작되는 3단계의 여정이 다 마음에 들었다. 우유가 살짝 묻은 바삭한 시리얼을 아그작아그작 씹어 먹는 1단계를 거쳐, 우유에 푹 젖어 눅눅해진 시리얼을 떠먹는 내가 가장 좋아했던 2단계를 지나(이때부터 탕수육 '부먹'파의 싹이 보였다), 시리얼 종류에 따라 고소해지거나 달콤해진 우유를 꿀꺽꿀꺽 들이키는 마지막 단계까지, 너무나 만족스러웠다. 무엇보다 '우와! 아침부터 과자 먹어!'라는 느낌이 나를 신나고 들뜨게 했다. 평소에는 순순하게 허락되지 않는 과자를, 허락하지 않는 장본인인 엄마 쪽에서 먼저, 간식도 아니고 아침'밥'으로서의 지위를 부여해 먹으라고 주다니, 아니 이게 무슨 일이야. 이 커다란 횡재에는 일견 수상쩍은 데가 있어서 나는 시리얼을 열렬히 좋아하는 마음을 엄마에게 들키지 않기 위해 굉장히 조심했다. 엄마가 이것이 '과자'라는 사실에 눈을 떠서는 안 된다, 엄연한 아침'밥'으로서 계속 간주해야 한다, 이런 초조함이 있었던 것 같다.

상대는 신경도 안 쓰는데 나 혼자 북 치고 장구 쳤던 그런 은밀한 두뇌 게임(만 7세 아동으로서는 나름 고난도였다)은 꽤 오래 이어졌지만, 화학 첨가물이랄지 설탕 함유량이랄지 영양학적 개념이 전혀 없었던 꼬맹이 눈에도 어렴풋이 보였던 것들을 엄마가 몰랐을 리 없다. 요즘이야 건강에 한결 신경을 쓴 시리얼들이 차고 넘치지만 1980년대 말 당시 시중에 나오는 시리얼들을 두고 엄마가 진심으로 '영양이 풍부한 건강식'이라고 생각했을 것 같지도 않다. 엄마도 그냥 그렇게 믿고 싶었던 게 아닐까? 야근하고 돌아온 다음 날에도 새벽같이 일어나 불 앞에서 무언가를 지지고 볶고 도마 앞에서 무언가를 썰고 다질 필요 없이 시리얼 광고들이 속삭이는 것처럼 간단하고 건강하게 한 끼를 만들어주는 음식이라고. 적어도 우유라도 먹일 수 있으니까 좋은 게 좋은 거라고. 부디 시리얼이 당시의 늘 고단했던 엄마에게도 달콤한 아침잠 몇십 분과 잠시 트이는 숨통을 선물했기를 바란다. 엄마는 한 끼를 거저먹고, 나는 한 끼를 과자 먹고, 두 사람 모두에게 이로운 아침들이었기를.

그로부터 몇 년 후, 세상에 '생식'이라는 존재가 나

타나면서 시리얼은 집에서 곧바로 퇴출되었다(이것만 봐도 엄마가 내심 시리얼을 어떻게 생각해왔는지 알 수 있다). 생식! 물에 젖은 흙가루를 삼키는 것 같은 퍽퍽한 식감부터 마음에 안 들었던 음식. 시리얼이 갖고 있던 간편함을 그대로 지니고 있되, 시리얼에 다소 부족했던 건강함은 보충된 완벽한 아침밥의 출현에 엄마는 대단히 기뻐했다. 맛없다는 것 외에는 이의를 달 여지가 없는 생식의 견고함 앞에서 나는 시리얼이 우리 집 식탁에 오를 일이 다시는 없으리라는 것을 직감했다. 우리 집뿐만이 아니었다. 작은 동네의 엄마들 네트워크란 무서워서 다른 친구들 집에서도 생식이 시리얼을 대체하는 일이 연쇄적으로 일어났다. 생식, 이 무자비한 시리얼(serial)-시리얼(cereal)-킬러. 그렇게 시리얼은 갑자기 나타났다가 갑자기 사라졌다.

시리얼은 지금까지도 조금 애틋하고 각별한 음식이다. 마침 시리얼을 즐겨 먹던 시기가 유년 시절과 겹쳐서 더욱 그렇다. 마냥 유치했고, 삶의 구겨진 이면 같은 걸 잘 모른 채 세상 모든 걸 총천연색으로 받아들였고, 생기가 넘쳐흘러 망아지처럼 뛰어다녔던, 인생에서 아주 짧았던 시절. 사는 게 지나치게 복잡하고 고단하게 느껴져 유치함에서 흘러나오는 천진한 힘이 필요한 날

이면 우유에 시리얼을 붓는다. 그 한 그릇 속에는 나의 유년이 담겨 있다. 이제는 원한다면 언제든 과자를 먹을 수 있는 성인이지만 시리얼을 먹을 때만큼은 어린애의 마음으로 돌아가 "우와! 아침부터 과자 먹어!"를 외치고 는 신나서 현관을 나서는 것이다. 그런 날은 대개 괜찮고 괜찮다.

○

이따 봐!
랜선에서

이제는 나도 받아들일 때가 온 것 같다. 일부 지인들을 중심으로 잔잔하게 퍼지고 있는 그것, 바로 랜선 술자리. 상황이 조금 나았던 기간에도 여간해서는 사회적 접촉을 피하느라 온갖 술 약속을 마다해오던 나에게 대안으로 랜선 술자리를 몇몇 친구가 제안했지만, 비대면 술자리가 뭐 그리 흥이 나겠나 싶어서, 어색하고 감질날 것 같아서, 뭘 또 그렇게까지…… 하는 마음에 그 역시 마다해오고 있었다.

하지만 돌아가는 상황을 보니, 이제 정말 친구들과 술을 마시려면 랜선 말고는 당분간 답이 없어 보였다.

●

무엇보다 못 만나는 동안 차곡차곡 쌓인 그리움이 포화 상태에 이르렀다. 내가 한국에 살지 않았던 시기에도 친구들을 이보다는 더 많이 만났던 것 같다. 그래, 이제 받아들이자. 시대의 흐름을 따르자.

첫 랜선 술자리는 나의 베프이자, 랜선 술자리 다수 경험자인 H와 가지기로 했다. 평소 영상통화를 하는 것과는 달리 막상 술자리라고 생각하니 결정하는 순간부터 제법 신이 났다. 스케줄러를 펴놓고 시간을 조율하며 술 약속을 잡는 것에 이미 좀 설렜고(대체 얼마 만이야!), 무슨 술을 마실지 고르는 것도 설렜다. 당일 오전 H와 주고받은 대화도 애틋했다. 약속과 상관없는 다른 일로 이야기를 잠시 나눈 뒤 별생각 없이 "이따 봐!"라고 메시지를 보냈더니 이런 답이 연달아 온 것이다.

아, 그 말 너무 설렌다……

진짜 오랜만에 듣네.

이따 봐.

보자는 말을 언젠가, 상황이 좋아지면, 같은 불확실한 조건문과 함께 들은 요즘인데.

그러고 보니 그랬다. '이따 보자'라는 말이 정말 귀해진 시대가 된 것이다. 그렇게 우리는 조금씩 설레는 마음으로 각자의 시간을 보내다가 애틋한 약속대로 '이

따 봤다'. H는 개인 작업실에서, 나는 내 방에서. 좀 더 본격적인 술자리 분위기를 내고 싶어서 배달앱으로 와인바에서 주문한 와인 한 병과 치즈 플래터도 미리 책상 위에 차려놨다.

역시 이런저런 술과 안주를 차려놓은 H의 활짝 웃는 얼굴이 화면 가득 뜨는 순간 방의 명도가 순식간에 올라가는 것 같았다. 시작할 때만 해도 설렘과는 별개로 '뭘 또 이렇게까지……' 하는 객쩍은 마음이 조금 남아 있었는데, 화면으로 H와 술잔을 포개며 소리 하나 없는 조용한 건배를 하는 순간, 놀랍도록 모든 게 기꺼워졌다. 랜선으로는 늘 화상회의만 해왔던 가닥이 남아 있어 초반에는 약간 회의 조였던 분위기도 연이은 건배와 함께 금세 술자리다워졌다.

비대면 술자리가 뭐 그리 흥이 나겠냐고 생각했던 게 무색하게 흥이 넘쳐흐르다 못해 H는 이내 소맥을 말기 시작했고 내 와인병도 급속도로 비워졌다. 밀린 이야기들을 하나하나 풀어가며, 화면만 집중해서 보다 보니 서로의 얼굴에 서서히 취기가 오르는 것을 그 어느 때보다 선명히 느낄 수 있었다. 그렇게 둘 다 기분 좋게 만취한 상태로 술자리가 끝났다.

작별 인사와 함께 화면에서 H가 사라진 직후 느껴

지는 일종의 시차, 아니 공간차에는 잠시 멍했다. 뭐랄까. 서로 계산을 하겠다며 작은 실랑이를 벌이고 술집에서 나와서 함께 걷다가 헤어져 지하철을 타고 집으로 돌아오는 서서한 과정 없이 내 방으로 순식간에 공간이동을 한 느낌? 복작복작한 술자리에서 갑자기 적막한 자리로 튕겨 나온 느낌? 달뜬 취기가 도는 상태에서 그런 한 번의 클릭으로 이뤄지는 이별에는 다소 가차 없는 구석이 있어서 테두리에 옅은 쓸쓸함이 섞인 어리둥절한 기분을 안고 노트북을 닫는 것까지가 랜선 술자리의 완성인 듯했다.

이렇게 원격 음주의 세계에 발을 들였다. 비대면으로 안주와 술을 주문해서 비대면으로 먹고 마시는 원격 음주의 세계. 못 만날 거라 여겼던 친구들과 함께 놀 수 있는 안전하고 즐거운 방식을 찾아내어 기쁘지만, 음, 잘 모르겠다. 근래 나를 지배하는 어떤 분열적인 감정이 있는데, 코로나 시대에 맞춰 삶의 양식을 하나 바꿀 때마다 바뀐 환경에 잘 적응했다는 안도감 뒤에 이럴 수밖에 없다는 데에서 오는 가슴 철렁한 불안이 늘 뒤따른다. 이 양가적 감정의 불편한 격차 역시 잘 끌어안고 살아야 할 것이다.

다음 주에는 올해 못 만났던 다른 친구와 랜선 술

약속을 잡았다. 둘 다 원격 음주 경험이 일천해 어색하면 어쩌지 살짝 걱정도 되지만, 화면으로 술잔을 포개며 조용한 건배를 하는 순간, 분명 모든 게 괜찮아질 것이다. 그날 아침이 되면 꼭 그렇게 말해야지. "이따 봐!"

커피와 술,
코로나 시대의 운동

《아무튼, 술》이라는 책을 쓴 사람이 굳이 할 말은 아니지만, 가혹하기 이를 데 없는 신이 나타나 이제부터 평생 술과 커피 중 단 하나만을 마실 수 있는 저주를 내리겠으니 무엇을 고르겠냐고 묻는다면 고민할 것도 없이 (하지만 좀 울면서) 커피를 택할 것이다. 술을 끊을 자신은 있지만 커피 없이 살 자신은 없다. 올해만 봐도 그렇다. 보름 가까이 술을 안 마신 적은 있어도 커피를 거른 적은 하루도 없다. 집에 술이 떨어진 적은 있어도 원두가 떨어진 적도 역시 없다.

　나의 아침은 원두를 갈며 시작된다. 요즘은 친구들

○

이 마침 비슷한 시기에 좋은 원두를 선물로 잔뜩 보내줘서 세 종류의 원두 중에 그날그날의 기분에 따라 고를 수 있는 커피 호황기를 보내고 있다. 신맛이 나며 산뜻한 커피를 마시고 싶을 때는 시카고 커피 브랜드인 '인텔리젠시아(intelligentia)'의 원두를 고른다. 이름을 의역하면 '배우신 분'이라는 점이 약간 비웃김 포인트인데, 커피 맛에 살짝 섞여 있는 자두향이 입안에서 우엉향으로 돌변하는 것도 코믹하게 느껴지는 유쾌한 커피다. 도드라지는 맛 없이 부드럽고 묵직한 커피가 필요할 때는 코로나 발발 직전에 가까스로 오스트리아 국경을 넘어온 유서 깊은(무려 1876년에 오픈한) '카페 첸트랄'의 원두를, 쓴맛이 그리울 때는 '일리' 원두를 꺼낸다. 고른 원두를 핸드밀에 넣고 가만히 갈고 있으면 자갈 밟는 소리와 함께 하루의 바퀴가 슬슬 움직이기 시작하는 듯하다. 이렇게 커피 내려 마시는 시간이 너무 좋아서 커피를 마시려고 하루를 시작하는 건 아닐까 싶을 때도 있다. 하긴 오직 커피를 마시고 싶어서 운동도 다시 시작했으니 전혀 일리 커피 없는 이야기는 아닐 것이다.

2월부터 두 달 넘게 아무런 운동도 하지 않았다. 근 5년간 축구와, 축구를 더 잘하기 위한 보조운동으로 간단한 웨이트트레이닝과 요가를 번갈아 해왔는데, 이 운동 루틴을 코로나가 완전히 해체해버렸다. 석 달 전에 있었던 친구 HJ의 결혼식 이후 지금까지 한 번의 팟캐스트 녹음, 한 번의 인터뷰, 한 번의 술자리를 빼고는 회사 동료와 가족 외에 그 누구도 만나지 않았을 정도로 코로나를 조심하고 있다 보니 코로나가 종식되기 전까지는 어디서 무엇을 하다가 왔을지 모를 스물두 명이 살 부딪히고 땀 섞이는 축구는 도저히 안 되겠다 싶어서 포기했고, 공기 중에 떠다니는 비말이 에어컨 바람의 환류로 멀리 확산될 수 있다는 연구 결과를 듣고 나니 여름에 피트니스센터나 요가원 같은 실내에 갈 자신도 없어지면서 그동안 해왔던 운동들이 선택지에서 사라져버린 것이다.

운동을 안 하면 안 하는 대로의 안락함이 또 있기에 거기에 젖어 어영부영 지내던 어느 날, 갑자기 커피가, 운동하고 땀에 푹 젖은 채로 집에 돌아와 샤워를 마친 뒤 마시는 시원한 디카페인커피가 격렬하게 마시고 싶었다. 그 커피는 어디서도 구할 수 없고, 오직 마시고 싶은 만큼 격렬하게 운동을 해야만 세상에 존재할 수 있는 커피였다. 똑같은 성분일지라도 그냥 커피를 마실 때와는 맛의 차원이 다른 커피. 며칠 내내 그 맛이 머릿속을 떠나질 않던 차에 서울시 무인 공공자전거 '따릉이'

가 눈에 들어왔고, 급기야는 마스크를 쓴 채 '따릉이'를 끌고 라이딩에 나서기에 이르렀다. 9년 만에 타보는 자전거였고, 17년 만에 해보는 라이딩이었다. 30분이 채 안 되었을 무렵, 나는 당황하기 시작했다. 자전거가 원래 이렇게 재미있는 거였어? 왜 그동안 별로 재미없을 거라고 지레짐작해왔던 거지? 자전거의 재미에 잔뜩 고무된 나는 첫 라이딩에서 단숨에 16킬로미터를 달렸다. 정해진 반납 시간만 아니었으면 더 달렸을지도 모른다. 집에 돌아와 커피를 마신 건 물론이다. 두 달 하고도 2주 만에 마신 '운동 후 커피'는 끝내줬다. 그 어떤 최상급의 원두도, 최고의 바리스타도 이겨낼 수 없는 맛이었다. 심지어 디카페인인데도.

그 맛있는 커피를 요즘 저녁마다 마시고 있다. 그날 이후 매일 자전거를 타기 시작했기 때문이다. 커피의 쓴맛을 보려다가 자전거의 단맛까지 알고 말았다. 최근에는 T와 함께 중고로 미니스프린터와 미니벨로를 하나씩 구입했다. 자전거는 '자전거 몸체 길이+자전거 간 안전거리'만큼의 사회적 거리두기가 가능하다는 점에서 코로나 시대에 최적의 운동인 것 같다. 곧 폭염이 닥치겠지만 늘 폭염 속에서도 축구를 두 시간씩 했으니 라이딩도 괜찮겠지! 매일 조금씩 강도를 높이며, 허벅지가 타들어가는 듯한 아픔을 즐기며, 올해 안에 90킬로미터 라이딩을 목표 삼아 신나게 자전거를 타고 있다. 아주 가끔은 샤워를 하고 나와 커피 대신 T와 술을 마시기도 한다. 그것은 그것대로 즐거운 일이다. '하루'라는 음반에 숨겨진 보너스 트랙 같은.

나에게 술이 삶을 장식해주는 형용사라면 커피는 삶을 움직여주는 동사다. 원두를 갈면 하루가 시작되고 페달을 밟으면 어디로든 갈 수 있고 디카페인커피를 마시면 하루가 끝난다. 형용사는 소중하지만, 동사는 필요하다. 여행에서도 그랬다. 오로라를 보던 압도적인 순간이나 유빙에 둘러싸였던 꿈결 같은 순간에는 늘 한두 잔의 술이 함께하며 찬란한 빛을 더해주었지만, 그런 순간들 뒤에는 아침마다 마주하는 이국의 낯선 공기를 좀 더 편안하고 친밀한 무엇으로 바꾸어주며 차분하게 하루의 모험을 계획하게 만들었던 한두 잔의 커피가 있었다. 아무리 엉망진창인 하루를 보냈더라도 아침에 마실 맛있는 커피를 생각하면 그래도 내일을 다시 살아볼 조그만 기대가 생기고, 여전히 엉망진창인 하루를 보내다가도 저녁에 자전거를 탄 뒤 마실 끝내주는 커피를 생각하면 아주 망한 날만은 아닐 것 같은 조그만 위안이 생긴다. 오늘도 이렇게 무사히 원두를 갈고 있는 한, 나는 팬

찮을 것이다.

그리하여 가혹하기 이를 데 없는 신 앞에서, 술과 커피 중 하나라는 일생일대의 질문 앞에서, 나의 대답은 역시 커피가 된다. 물론 비장의 카드 하나를 계산에 넣어두기는 했다. 위스키를 베이스로 넣는 '아이리시커피'. 제아무리 신이라도 아이리시커피가 커피가 아니라고 우기지는 못할 것이고, 나는 위스키를 아주 듬뿍 넣을 것이다.

○

제철음식
챙겨 먹기

〈질투는 나의 힘〉이라는 영화가 있다. 보긴 봤음에도 시간이 꽤나 지난 탓에 이제 내용도 가물가물한데 유독 한 장면이 기억에 남는다. 영화에는 혼자 살면서 직업과 취미 활동에 몰두하느라 살림 챙기는 데에는 별 관심 없고 자유분방한, 말하자면 딸네 집에 갑자기 들이닥친 엄마가 텅 빈 냉장고와 집 안 꼴을 살피며 혀를 연신 끌끌 차는 상황 속 바로 그 '딸'로 최적격인 타입의 30대 여성 박성연이 나온다. 어느 날 성연이 생전 먹지 않던 뻥튀기를 사다가 열심히 먹고 있는 모습을 의아하게 쳐다보는 남자 주인공에게 성연은 무심하게 툭 던지듯 말한다.

"아, 의사가 곡기를 먹으라고 해서."

와. 나는 그 말에 깊은 감동을 받았다. 저렇게 가장 게으른 방식으로 부지런할 수 있다니. 가장 한심한 방식으로 현명할 수 있다니. 곧 죽어도 곡물로 밥을 지어 먹거나 식당에 들러 사 먹을 부지런은 없지만, 와중에 뻥튀기를 골라 사 먹는 부지런(이라고 할 수 있다면)은 있는 것이다. 대단해. 묘한 근성이 있어. 나는 혀를 내둘렀다. 이제 와 생각해보면 그건 동족을 향한 본능적 이끌림이었던 것 같다. 그로부터 10년 후, 나도 정확히 성연 같은 30대가 되어 있었으니까.

얼마 전 한 뉴스레터에 실린 음식 에세이를 읽다가 '김밥의 미래'라는 필명의 에디터님이 "설날엔 떡국, 추석엔 송편, 하지엔 맥주"라고 주장하신 대목을 보고 무척 반가웠다. 특히 하지에는 해가 길어 퇴근할 때도 여전히 환한 낮 같아서 마치 반차를 쓰고 땡땡이치는 일탈의 기분이 드는데 일탈에 낮술만 한 건 없으니 하지에는 맥주다!라는, 논리에 빈틈이라고는 전혀 없는 치밀한 논증에 기립박수를 치고 싶었다.

맞다. 모름지기 하지에는 맥주다. 조금 다른 식으로 접근해봐도 그렇다. 예부터 강원도 일대를 중심으로 "하짓날은 감자 캐 먹는 날이고 '보리환갑'이다"라는(약간 비문이 아닌가 싶은) 옛말이 전해져올 정도로, 하지는 질 좋은 감자와 보리를 수확할 수 있는 적기이자, 수확의 마지노선으로 여겨져왔다. 하지가 지나면 보리 알이 잘 영글지 않아 보리가 마르고 감자 싹이 죽어서 그렇다는데, 그래서 '보리환갑'과 짝을 맞춰 '감자환갑'이라고도 부른다. 그 시대에 비해 부쩍 늘어난 인간의 평균수명을 감안하면 지금은 '보리팔순' '감자백세' 정도로 불러야 마땅하겠지만, 어쨌거나 하지는 보리와 감자의 환갑잔칫날인 것이다. 그러므로 하짓날 보리로 만든 맥주를 마시는 건 하지를 기념하는 훌륭한 방법이다. 맥주 마실 명분이 이렇게 뚜렷하면서 미풍양속적이기까지 한 날이 또 있을까.

물론 감자를 빠트려서는 안 된다. 앞서 언급한 옛말에도 있듯이 조상들은 하지를 감자 먹는 날로 삼아왔고, '동지=팥죽'처럼 유명한 공식은 아니지만 내 주변에도 '하지=감자'를 충실히 좇아 하지마다 감자전을 부쳐 먹거나 감자탕을 끓여 먹는 '하지스트'(논리왕 김밥의 미래님이 만든 단어이다)가 몇 있다. 요리에 전혀 취미가 없는 나로서는 꿈도 못 꿀 일이지만, 그래도 올해 하지에는 하지스트였던 옛 성현의 정신을 받들어 기특하게도 감자를 챙겨 먹었다. 물론 뻥튀기스트 박성연의 정신을 받드는 것도 잊지 않았다. 그래서? 그렇지, 맥주에는 감자칩이지!

잠깐, 잠깐. 혀를 끌끌 차기에는 아직 이르다. 그 감자칩은 성연의 뻥튀기보다는 조금 레벨 업한, 조금 특별한 감자칩이었다. 양평의 한 농장에서 무농약으로 재배한 감자를 수확한 당일에 커다란 전통 무쇠 가마솥에 넣고 카놀라유로 튀겨 만든 것이다. 튀긴 감자칩을 바로 포장해서 배송하기 때문에 그렇게 신선하고 바삭바삭할 수가 없다. 갓 수확한 감자로, 갓 튀겨낸 감자칩을, 갓 열어 먹을 때의 기분은 오 마이 갓이다.

사실 나는 '건강한 감자칩'을 '건강한 라면' '건강한 떡볶이'만큼이나 선호하지 않는다. 건강하려고 먹는 음식과, '안 건강'을 일견 감수하면서 맛있으려고 먹는 음식의 장르 구분을 철저히 하는 편이다. 후자가 전자에 욕심을 내다보면 이도 저도 아닌 목적에 이도 저도 아닌 맛이 된다. 라면이 건강해봤자 얼마나 건강해질 수 있겠는가. 우리가 떡볶이를 건강해지려고 먹는 건 아니지 않은가. 건강은 다른 음식들로 취할 테니 라면이나 떡볶이는 본분에 맞게 자극적이고 MSG 가득한 맛이었으면 좋겠다고 생각한다(그편이 정신건강에도 좋을 것이다).

그런 내가 이 첨가제도 들어가지 않고 특별히 간도

하지 않은 감자칩에 열광하는 이유는 그저 맛 때문이다. 밍밍한 것과는 다른 신선한 담백함. 기름기 없이 메마른 것과는 다른 바삭바삭한 고소함. 한 가지 문제가 있다면 방부제가 들어가지 않아 오래 두고 먹을 수 없다는 것이지만, 한번 먹기 시작하면 멈출 수 없어 오래 두고 먹을 수도 없다(문제 해결!).

이렇게 하지 즈음에 수확을 끝낸 하지보리와 하지감자는 '햇보리' '햇감자'라는 이름으로 6월 말부터 세상에 나와 여름 내내 제철음식으로서 한자리를 톡톡히 차지한다. 가장 게으른 방식으로 가장 부지런하게 제철음식을 챙겨 먹는 나에게 여름은 수제맥주와 가마솥감자칩의 계절이다. 하다못해 시중의 공장제 봉지 감자칩들도 6월의 토실토실한 하지감자로 만든 늦여름-가을 제품이 유난히 더 맛있다는 기사를 본 적이 있는데, 봉지 감자칩에도 미세하게나마 제철이 있다는 게 놀랍지 않은가.

그래서 더욱 나는 감히 맥주와 감자칩, 줄여서 '감칩맥'도 여름 제철음식이라고 우겨보고 싶다. 단지 '여름이니까 → 시원한 맥주!' '맥주에는 → 짭짤한 감자칩!' 이런 단순한 도식을 넘어, 영양학적 풍속적 미각적인 가치를 획득한 제철음식이라고. 곧 죽어도 감자를 삶아 먹

거나 식당에 들러 감자전을 사 먹을 부지런은 없지만 와
중에 감자칩을 주문해 먹는 부지런은 있는, 보리밥을 지
어 먹거나 보리차를 끓여 먹을 부지런은 없지만 와중에
맥주를 골라 마시는 부지런은 있는, 그런 사람들을 위한
제철음식. 꼭 채소나 과일이나 생선이어야만 제철음식
이란 법 있나. 적어도 박성연만큼은 이 생각에 동의해주
리라 믿는다.

한 시절을
건너게 해준

시작은 지금도 자세히는 알지 못하는 회사의 어떤 사정
(사내 정치 싸움의 작은 나비효과 정도로 요약할 수 있을 듯)
때문에 엉뚱한 부서로 옮기게 되면서부터였다. 인사과
에서는 해당 분야에 기초적인 지식조차 없어 걱정하는
나에게 첫 두 달은 복잡한 업무들을 차근차근 익히는 일
종의 견습 기간일 테니 부담 갖지 말라고 안심시켰지만,
새 부서 새 직속 팀장의 생각은 전혀 달랐다. 첫 주부터
그는 나를 이 부서에서 돌아가는 모든 일을 대충 다 알
고 있어야 마땅한 n년 차 경력자쯤으로 대했다. 이름도
처음 듣는 일을 무턱대고 시켜놓고는 머뭇대는 기색이

라도 보이면 어떻게 아직 이것도 모르냐고 툴툴대며 알려주는 식이었다. 그마저도 완전치 않아서 자주 밤을 새가며 독학으로 일을 터득해야 했고, 그런 결과물은 대개 완전치 못해서 자주 혼났다. 대체 회사는 무슨 생각으로 너를 승진시켜 이런 중요한 곳에 보낸 건지 이해가 안 간다는 탄식, 그런 월급을 받는 게 미안하지도 않느냐는 비아냥, 그 밖에 내 무능함에 대한 힐난 들.

무엇보다 견디기 힘든 건 그의 눈빛이었다. 그는 늘 나를 세상 쓸모없고 성가신 사람 보듯 바라봤는데 시간이 갈수록 그 눈빛들은 차곡차곡 내 눈 안으로도 들어와서 언젠가부터 나도 나를 그렇게 바라보기 시작했다. 그때 알았다. 그렇게 '누군가에게 성가시고 하찮은 존재'로 매일매일 규정되다 보면, 어느 순간 '누군가에게'라는 글자는 슬며시 사라지고 그저 '성가시고 하찮은 존재'로서의 나만 남는다는 것을. 나에게조차 나는 성가시고 하찮았다. 그렇게 하찮을 수가 없었다.

회사에 온 정신을 빼앗기는 바람에 회사 바깥의 삶도 제때제때 뽑아내지 못한 일상의 잡초들이 마구 자라 정글이 되었고 정글의 법칙 역시 매섭기는 마찬가지였다. 관공서에 들러 처리해야 할 잡일들이 밀리고 밀려 나중에는 엄두도 내지 못할 큰일이 되었고, 번번이 놓친 친구들의 메시지나 전화는 마음의 빚이 되어 쌓였으며, 계절 옷 정리를 하지 못해 여전히 겨울인 옷장은 열어볼 때마다 찬바람이 이는 것처럼 우울했다. 특히 부서 이동 이후 현격히 줄어든 만남의 횟수 때문에 거의 매주 다투곤 했던 애인의 날 선 비난은 내가 나를 미워하는 일을 가속시켰다. 며칠째 잠도 잘 못 잔 나에게 밤새 통화하자거나 어디 놀러 가자는 야속한 제안을 하는 애인을 달래는 일에 지쳐만 갔고, 넌 사람을 너무 외롭고 비참하게 만든다, 넌 늘 사랑보다 일이 먼저다, 넌 평생 절대 연애 같은 걸 해서는 안 되는 사람이다, 같은 말들을 들을 때마다 난 사랑할 자격도 상실한 것처럼 느껴졌다. 늘 먼저라는 일도 제대로 못 한다는 게 가장 뼈아팠고.

정말이지 일에, 사랑에, 생활에, 모든 것에 무능했다. 눈 닿는 곳마다 나에게서 홱 돌아앉은 등뿐이었다. 그나마 상반기를 버틴 유일한 힘이었던, 생활도 재정비하고 하반기 회사 일도 미리미리 준비해두리라 벼르고 별렀던 여름휴가의 첫날 에어컨이 덜컥 고장 났을 땐 웃음밖에 안 나왔다. 하늘에 대고 소리라도 치고 싶었다. 아 진짜! 나랑 장난해요? 네?

그런 외침에 답이라도 하듯 고장 난 에어컨은 나의 휴가를 전혀 예상하지 못한 방향으로 이끌었다. 무기

력하게 늘어져 있다가 문득 에어컨의 전 주인인 친구 J
는 이 증상을 해결할 쉬운 방법을 알고 있을지도 모른다
는 생각이 든 것이다. "이야, 7월에 메시지를 보냈더니 8
월에 답이 오네. 너 좀 살 만하냐?"로 시작한 대화는, 에
어컨에 관한 우울한 전망을 거쳐("그거 무조건 사람 불러
야 돼. 근데 지금 접수해도 이삼일은 기다려야 할걸?"), 프리랜
서인 J의 집에서 2박 3일을 함께 보내자는 합리적인 해
결책에 이르렀다("야, 우리 집으로 피서 와! 내가 작업실처럼
구조를 바꿔서 우리 집 일도 진짜 잘돼. 오랜만에 올나이트하
자!").

　석 달 만에 나를 본 J는 깜짝 놀랐다. 그사이 내 몸
에서 4킬로그램이 사라졌기 때문이다. 마음이 아팠던지
J는 요즘 뭘 잘 먹지 못한다는 나의 만류에도 그날 저녁
을 다소 의욕적으로 준비했는데, 그 의욕에 부응하려다
가 그만 체하는 바람에 한바탕 손을 따고 꼼짝없이 누
웠다. 미안해하는 J에게 내가 더 미안했다. 먹는 것도 제
대로 못 해서 친구가 자신의 정성을 후회하게 만들다
니. 가는 곳마다 민폐를 전단지처럼 뿌리고 다니는구나,
나는. 이제는 습관이 되어버린 자책과 친구 집에 괜히
온 게 아닐까 하는 후회에 휩싸인 채 깜빡 잠이 들었는
데…… 그때부터는 잠이 끝도 없이 쏟아졌다. 멈출 수가

없었다, 올이 풀린 스타킹처럼. 한참 자다 깨면 낮이었다가 또 자다 깨면 밤이었다. 이제 그만 자야겠다는 의지로 일어났다가도 J가 갖다 준 죽을 먹고는 또 잤다. 겨우 일어나서 샤워하고 맑은 정신으로 다시 식탁에 앉은 건 사흘째 점심때나 되어서였다.

욕실에 들어가기 전부터 어디 특별히 아픈 데가 있는 건 아닌지 거듭 체크하던 J는 식탁에 마주 앉아서도 최근 몇 주간 평소와 다른 어떤 신체적 증상 같은 건 없었는지, 잠은 보통 몇 시간 자는지, 주량은 여전한지 나름의 문진을 꼼꼼하게 펼치고는 "야, 일단 밥을 먹자!"라며 벌떡 일어섰다. 같이 일어서는 내 앞으로 노트북을 밀어주면서.

"넌 그냥 앉아서 네가 곧 먹을 음식이 얼마나 대단한지나 읽고 있어!"

화면엔 J의 블로그가 띄워져 있었다. 3년 차 블로거인 J가 '요리 과정 숏'을 하나하나 찍어 올린 최신 글의 제목은 '진짜 미친 사리곰탕면'이었다. 익숙한 라면 봉지가 얼핏 보이는 게, 이때까지만 해도 나는 기성 라면에 추가로 야채며 고기를 듬뿍 넣은 요리일 거라고 예상했다. 블로그 같은 데에서 보는 라면에 꽃게와 해산물을 잔뜩 넣어 끓이거나 짜장라면에 야채들을 추가로 넣고 계란을 얹어 완성한 요리에 가까운 그런 라면. 완벽한 오해였다.

과정 숏의 시작은 뼈였다. 뼈? 사골? 설마 직접 사골을? 그랬다. J는 사골을 물에 담가 몇 시간에 한 번씩 몇 번이나 물을 갈며 열 시간 동안 핏물을 뺐고, 그 사골을 깨끗이 씻은 후, 20시간 넘게 네 차례에 걸쳐 사골국을 우려냈다. 세상에…… 아니 이게 무슨 '비빔면' 만든다면서 대뜸 빨간 고추들 사진으로 시작하더니 그것들을 말리고 가루로 빻아서 고추장을 담근 후 비빔장을 만드는 시추에이션인가. 사골을 처음 우려보는 J가 중간중간 헤맨 것까지 셈하면 육수를 만드는 데에만 거의 이틀이 걸렸다. 미쳤어 진짜. 게다가 가스 불을 켠 채 자는 게 불안해서 타이머를 맞춰놓고 자다 말고 확인하고 자다 말고 확인하느라 J는 이틀간 거의 못 잔 것 같았다. 미쳤어…… 진짜…….

"나 좀 쩔지! 너 이거 먹으면 기운 확 날걸?"

의기양양한 J의 말과 함께 사골 육수에 기존의 라면을 합친 사리곰탕면이 식탁에 놓였다. 뽀얀 국물에 가려 면발이 잘 보이지도 않았다. 아니, 그 전에 뿌연 눈물에 가려 국물도 흐릿하게 보였다. 이제 와 하는 말인데 솔직히 그날의 맛이 잘 기억나지는 않는다. 대신 기억나는 건 가게 앞에 쭈그러져 있는 풍선 인형에 바람을 넣으면 팽팽하게 부풀면서 우뚝 서듯 무너져 있던 마음 한 구석이 서서히 일어나던 생생한 느낌. 한 입 두 입 계속 먹을 때마다 몸속을 세차게 흐르는 뜨겁고 진한 국물에 심장에 박혀 있던 비난의 가시들이 뽑혀나가는 것 같았다. 마음의 틈새마다 눌어붙어 있던 자괴와 절망이 녹아 내리는 것 같았다. 국물이 흘러들어오고 눈물이 흘러나가면서 내 눈에 옮아 있던 날 선 눈빛들이 씻겨 내려가는 것 같았다. 그렇게 나쁜 것들이 빠져나간 자리에 J의 사리곰탕면이 새겨 넣은 메시지는 이랬다. '너는 누군가가 이틀을 꼬박 바쳐 요리한 음식을 기꺼이 내어줄 정도로 소중한 존재야. 잊지 마.' 나를 따라 눈물이 그렁그렁해진 J와 함께 울며, 그리고 불며 싹 비워낸 한 그릇은 그렇게나 시원했다.

J는 식힌 국물을 한 끼 분량씩 나눠 담은 비닐 팩 열 몇 개도 챙겨주었다.

"점심에 먹은 건 분말수프도 넣고 내가 따로 간도 해서 맛있었는데 이 국물만으로는 싱거울 거야. 그래도 꼭 간 잘해서 다 먹어? 꼭! 잘 먹고 다녀. 나 속상해서 빡치게 하지 말고!"

나는 그 당부를 가을 내내 정말 잘 지켰다. 뒤죽박

○

죽된 일상을 어느 정도 가지런히 정비했고, 잘 챙겨 먹었고, 유난히 마음이 너절해진 날에는 어떤 의식처럼 J의 사골국을 꺼내 데워먹으면서 그 안에 담긴 메시지를 곱씹었다. 인사과에 부당한 상황을 알리며 팀장과의 조정을 부탁했고, 끝내 조정이 안 돼서 원래 부서로 돌아간 뒤부터는 조금씩 내 페이스를 되찾았다. 운명의 기습에 잠시 녹다운된 내게 응원 대신 비난만 하던 애인을 깔끔하게 정리했다. 물론 이 모든 게 단번에 이뤄지진 않았다. 핏물을 빼는 데에 오랜 시간이 걸리듯이. 하지만 어느 날 정신을 차리고 보니 힘든 시기가 어느새 저 멀리 지나 있었다. 나는 지금도 그게 J의 '진짜 미친 사리곰탕면' 덕이라고 생각한다. 결코 내 것일 수 없다고 여겼던, 내가 소중하다는 감각과 나를 다시 이어준 한 끼의 식사. 어떤 음식은 기도다. 누군가를 위한. 간절한.

에필로그

○

코로나 시대의 근황과
쓰지 않은 다정에 관하여

당연하다고 여겼던 것들이 결코 당연하지 않음을 확인하는 시기를 지나는 중이다. 2년 전 이맘때는 언제든지 우아하고 호쾌한 여자 축구를 할 수 있고, 퇴근 후 친구들과 만나 아무튼 술을 마실 수 있고, 주말에 훌쩍 떠나 전국의 축제 자랑들을 즐길 수 있으리라 믿어 의심치 않았다. 아니, 그 믿음에 관해 딱히 생각해보지 않았다. 그냥, 당연한 거였으니까. 지금은 어떤가. 축구를 쉬는 18개월 동안 쇼트커트는 단발을 훌쩍 넘어섰고 그 기간 친구들과 바깥에서 술을 마신 횟수는 스무 번이 채 안 된다. 전국의 축제들은 나의 의지와 상관없이 취소되거나 온라인으로 조용히 열리고 끝났다.

여기에 회사마저 재택근무로 전환되니 바깥에서 누군가와 '함께' 보낸 시간들이 많지 않다. 원체 내향형 인간인 데다가 '집순이력'으로는 어디서 뒤지지 않는 터라 이런 제약이 싫지만은 않았지만, 사람마다 조심의 감각은 다르기 마련이어서 조금 유별나다 싶게 거리두기를 하는 이유(주치의 선생님의 거듭된 당부를 빌리자면 "김혼비 씨 같은 기저질환자는 코로나가 치명적인 결과로 이어질 수 있으니 각별히 조심해야 해요")를 일일이 설명하고 변명해야 할 일이 자꾸 생기는 건 조금 힘들었다. 당장 나와 같이 으쌰으쌰 장이라도 담그기를 바라는 사람 입장에서는 나처럼 구더기 무서워서 장 못 담그는 사람이 답답하고 (회사일이 끼어 있는 경우) 프로답지 못하게 보일 수 있다는 점을 이해하지만, 구더기는 본디 장보다도 죽은 사람의 몸을 더 좋아한다는 사실을, "치명적인 결과"가 뜻하는 바에 관해 자주 되새기고 두려워했던 나로서는 끝내 떨쳐낼 수 없었다. '만나자'는 심상한 제안 하나에도 셈해봐야 할 것들이 많았고, 그 셈에 죽음의 공포가 끼어들면 모든 답은 금세 0이 되었다. 남들은 다 문제없는데 나만 차마 하지 못하는 것의 목록이 늘어갔다. 그렇게 두려움이 크고 작은 무능력으로 환산되는 걸 번번이 속절없이 지켜봐야 했다.

그럴 때마다 "내가 무능력했지 무기력하기까지 할까 봐!"라고 괜히 큰소리치며 '링콘'을 양손에 붙들었다. '링콘'은 피트니스 콘솔 게임 '링 피트'에 사용되는 지름 30센티미터쯤의 탄력 있는 원형 도구다.

사실 나는 근육운동의 중요함은 알아도 즐거움은 알지 못하는 사람이었다. 축구처럼 달리기+공차기+공 다루기 같은 여러 행위가 복합적으로 어우러지고 '골인'이라는 목표 아래 다양한 기승전결이 펼쳐지며 자연스레 몸이 다져지는 운동에 비해, 오직 근력만을 키우기 위해 잡다한 요소들은 빼고 해당 근육에 꼭 필요한 동작만을 마치 깔끔하게 주사 놓듯 반복적으로 주입하는 근육운동은 뭐랄까, 전희도 후희도 없이 삽입만 있는 섹스 같은 느낌이랄까. 매정하게 실용적이고 지루하게 건조했다. PT를 받으면 그때나 반짝했지, 좀처럼 혼자서는 이어가지를 못했다. 그랬던 내가 순전히 게임기 사는 데 들인 돈이 아까워서(비싼 방음매트까지 샀다!) 운동 강도를 최대치로 놓고 링콘을 조이고 당기고 스퀴트를 하고 플랭크를 하며 104시간 게임을 한 결과 태어나서 처음으로 11자 복근을 갖게 되었고 허벅지는 1.3배 단단하고 두꺼워졌으며 자전거로 인천 앞바다 정도는 거뜬히 찍고 올 수 있게 됐다. 조금씩 달라지는 몸을 보면서 무척 서서하고 느릿할 뿐, 근육운동에도 나름의 기승전결이 있다는 것을 깨달았다. 이 운동이 나의 기저질환력(力)을 상쇄시켜주지는 못하겠지만(그래도 아주 조금이나마 그러기를⋯⋯), 무기력을 근력으로 바꾸는 희열만큼은 확실히 알려주었다. 코로나가 내게 남겨준 흔치 않은 위안이다.

또 하나의 위안은, '책상 앞 출근'에 이어 '책상 뒤 퇴근'을 한 뒤 (코로나가 아니었다면 주로 술집이었을) 딴 곳으로 새지 않고 진득이 앉아 이 책을 쓰고 고칠 수 있었던 것이다. 책을 쓰고 나면 마지막으로 하는 일이 있다. 주로 분량 때문에 책에 쓰지 못한 이야기를 따로 간략히 메모해두는, 말하자면 '애프터 노트'를 만드는 것인데, 어제 드디어 그 일을 했다. 그런데 다 써놓고 보니 이번 메모는 평소와는 조금 달랐다. 쓰지 못한 이야기 대신에 쓰지 않은 이야기들이 모여 있었던 것이다. 비슷한 듯하나 이 둘은 미묘하게 그러나 확실하게 다르다.

정해진 주제 없이 이번에는 무엇을 써야 할까 고민할 때마다 기억의 윗부분에서 찰랑대며 당장 글이 되어 종이 위로 넘쳐흐르기를 기다리는 이야기들이 있었다. 그렇다면 그걸 그대로 쓰면 될 텐데 그러기에는 이 이야기들의 패턴이 비슷하다는 게 문제였다. 그 패턴을 정리

하면 이런 식이다. '내가 어떤 이유에서 녹록지 않은 힘
겨운 시간을 보내고 있다. → 그 사실을 알거나 모르는
타인이 작거나 큰 다정한 호의를 베푼다. → 그 다정한
호의가 어떤 식으로든 나를 일으켜 세운다.' 시기도 제
각각이고 연루된 사람들도, 벌어지는 상황도, 세부 디테
일도 다 달랐지만 전체적인 흐름은 어김없이 저 구도에
서 벗어나지 않았기에, 책 한 권 안에서 비슷비슷한 패
턴의 반복이 될 것 같아 몇 개만 남겼고 나머지는 고스
란히 애프터 노트가 되었다.

　　그러니까, 인생에서 벌어지는 온갖 일 중 내 마음을
가장 강력하게 붙드는 건 결국 다정한 패턴, 다정이 나
를 구원하는 이야기였던 것이다. 글을 쓰려고만 하면 앞
다투어 튀어나오는 바람에 몇 개만 골라내야 할 정도로.
글을 쓸 때는 뻔하다면 뻔한 패턴에 어김없이 강타당하
는 나의 확고한 일관성에 고개를 절레절레 흔들기도 했
지만, 어제는 노트에 모인 쓰지 않은 이야기들을 가만
히 들여다보고 있는데 어쩐지 뭉클했다. 당연하다고 여
겼던 일상이 결코 당연하지 않았던 것처럼, 뻔하다면 뻔
한 패턴의 이 이야기들은 결코 뻔하지 않았다. 하나하나
저마다의 방식으로 고유했다. 뻔한 다정이란 없었다. 애
프터 노트에 따로 분리되어 있지만 사실 그 이야기들은

◉

책에 이미 들어가 있었다. 각각의 다정들에서 얻은 작고 소중한 감정의 총합이 세상을 바라보는 눈빛의 온도를 만들었고, 내가 무언가를 발견할 때, 무언가에 불편할 때, 무언가를 응원할 때, 무언가에 망설일 때, 무언가를 열렬히 좋아하고 극도로 싫어할 때 어떻게든 이유로 작용하고 있었다.

주저앉고 싶은 순간마다 "내가 무능력했지 무기력하기까지 할까 봐!"라고 덮어놓고 큰소리칠 수 있었던 것도 내 안에 새겨진 다정들이 내가 나를 사랑하는 것을 쉽게 포기하지 않게 붙들어주었기 때문이다. 똑같은 패턴을 반복해서 얻게 되는 건 근육만이 아니었다. 다정한 패턴은 마음의 악력도 만든다. 그래서 책 제목을 '다정소감'이라고 붙여봤다. '다정다감'을 장난스레 비튼 느낌도 좋았지만, 결국 모든 글이 다정에 대한 소감이자, 다정에 대한 작은 감상이자, 다정들에서 얻은 작고 소중한 감정의 총합인 것 같아서. 내 인생에 나타나준 다정 패턴 디자이너들에게 무한한 감사와 사랑을 보낸다. 디자인에 워낙 재주가 없는 나에게 다정한 부분이 있다면 그건 다 그들의 다정을 되새기고 흉내 내며 얼기설기 패턴을 만들어간 덕분일 것이다.

편집자이자 친구인 서효인에게 '정말이지' 고맙다.

◉

그는 내가 '정말이지'를 어떤 순간에 쓰곤 하는지 나보다도 먼저 알아채는 사람이다. 그와 함께 세 권의 책을 만들 수 있었던 행운에 관해 자주 생각한다. 처음 만난 순간부터 마냥 편안하고 그저 든든해서 낯가림 구간점프를 가능하게 만든 이정미 대표님께도 깊은 감사를 드린다. 긴 원고를 기꺼이 다 읽어주고 꼼꼼하게 제목 리스트까지 뽑아준 이수현, 정은진, 황승원과 느닷없는 질문에도 늘 진지하게 같이 고민해준 김태형, 미깡, 윤가은, 은모든과 링 피트의 세계로 힘껏 등을 떠밀어준 윤찬호, 이예지에게 커다란 사랑을 전한다. 올해 마음속으로 가장 많이 빌었던 소원 중 하나인 나의 오랜 소중한 랜선 친구 R님의 쾌차와 평온을 다시 한번 빈다. 얼마전 갑작스럽게 큰 수술을 받은 K의 안녕도 함께 빈다. 일일이 이름을 다 적지 못해도 그 어느 때보다 친구들의 걱정과 이해와 사랑을 먹고 자란 시간이었다. 이 시기를 무탈하게 넘길 수 있게 해준 친구들에게 눈물겹게 고맙다. 존재만으로도 이미 든든한 가족들과 내 평생의 단짝 박태하에게도.

그리고 이 글을 읽고 계시는 분들께 감사하다. '독자'라는 존재는 나에게 여전히 너무나 신기하지만, 언젠가부터 독자와 나누는 다정이 생겼고, 그 다정들이 나를

○

일으켜 글을 쓰게 만든다. 이 책 자체가 그러한 다정들
에 대한 소감일 것이다. 하나하나 고유한 다정들을 마음
에 새기고 계속 패턴을 열심히 잘 만들어나가겠다.

2021년 9월

김혼비

추천사

김혼비 작가는 내 친구다. 당사자는 이 사실을 까맣게 모른다. 우리는 얼굴 한번 본 적 없는 사이니까. 독자들은 나의 주장을 이해할 것이다. 그의 글을 읽으면 그와 친해지고 싶고, 친한 것처럼 느껴지다가 결국 친구가 된다는 것을. 그는 농담을 할 때도 격식을 갖추고, 흉금을 털어놓을 때도 바닥을 보이지 않는다. 친구를 좋아하는 만큼 자기 자신을 좋아한다. 몸을 움직이는 것도, 생각을 움직이는 것도 좋아한다. 그가 논리적으로 내린 참신한 결론은 대부분 내 시야를 넓히거나 아예 다른 곳을 보게 하는 통찰을 담고 있다. 그런데 어떤 것은 어딘가 이상해서 곰곰이 생각한 끝에야 "뭐야, 또 농담이었잖아?" 하게 된다. 이런 친구와는 자주 만나서 놀고 싶다. 글을 읽는 것만으로 그와 노는 기분이 든다. 무엇보다 그는 따뜻한 사람이다. 인쇄된 글자들에 온기가 스며 있어, 나는 어쩐지 그의 필체도 알 듯하다. 언젠가 우리가 만난다면 필체를 확인해볼 참이다. 종이에 써달라고 청할 문구도 책에서 찾아두었다. "다정을 다짐했다." 우리는 죽이 잘 맞을 것 같다.

김소영(작가)

마음은 실낱같고 다정은 이를 잡아매어 마디를 만드는 매듭 같다. 물론 종종 내가 만든 다정에 스스로 걸려 넘어지는 날도 많지만. 그래서 울고불고하며, 헛발질 같은 이 소용없음을 후회하며 다시 매듭을 올올이 풀어내기도 하지만. 끝까지 풀어본 사람이라면 알게 된다. 이것이 나를 묶고 있던 것이 아니라 그동안 내가 이 끝을 꼭 움켜쥐고 있었다는 사실을.

김혼비는 지금의 김혼비가 되기 위해 그동안 얼마나 많은 마음을 묶었던 것일까. 또 얼마나 자주 이 마음을 풀어보았을까. 분명한 것은 작가의 다정은 작가의 다감이 만들었다는 것이다. 다정을 느껴본 사람은 다정을 느끼게 할 수도 있으니까. 큰 웃음소리를 가진 이가 가장 호쾌하게 선언할 수 있는 것처럼. 혹은 혼자 울며 숨죽였던 시간들이 먼 곳의 작은 울음에 귀를 기울이게 해주는 것처럼.

박준(시인)

다정소감

©김혼비, 2021

초판 1쇄 발행 2021년 10월 13일
초판 17쇄 발행 2024년 11월 6일

지은이 김혼비

펴낸곳 (주)안온북스 펴낸이 서효인·이정미
출판등록 2021년 1월 5일 제2021-000003호
주소 서울시 마포구 월드컵로14길 28 301호
전화 02-6941-1856(7) 홈페이지 www.anonbooks.net
인스타그램 @anonbooks_publishing
디자인 박연미 제작 제이오

ISBN 979-11-975041-3-6 03810